D1322031

LE RANG DU COSMONAUTE

DE LA MÊME AUTEURE

Highwater, Héliotrope, 2006.

Destin, Héliotrope, 2009.

Olga Duhamel-Noyer

LE RANG DU COSMONAUTE

HÉLIOTROPE

Héliotrope
4067, boulevard Saint-Laurent
Atelier 400
Montréal (Québec)
H2W 1Y7
www.editionsheliotrope.com

Maquette de couverture et photo : Jean-Paul Corbeil et Antoine Fortin
Maquette intérieure et mise en page : Yolande Martel

Catalogage avant publication de Bibliothèque et Archives nationales du Québec
et Bibliothèque et Archives Canada

Duhamel-Noyer, Olga, 1970-

   Le rang du cosmonaute

   ISBN 978-2-923975-28-3

   I. Titre.

PS8607.U376R36 2014   C843'.6   C2013-942535-7
PS9607.U376R36 2014

Dépôt légal : 1ᵉʳ trimestre 2014
Bibliothèque et Archives nationales du Québec

© Héliotrope, 2014

Les Éditions Héliotrope remercient de leur soutien financier le Conseil des
Arts du Canada, le Fonds du livre du Canada et la Société de développement
des entreprises culturelles du Québec (SODEC).
Les Éditions Héliotrope bénéficient du Programme de crédit d'impôt pour
l'édition de livres du gouvernement du Québec, géré par la SODEC.

IMPRIMÉ AU CANADA EN FÉVRIER 2014

À la mémoire de J-R R, né dans une petite ville
fondée sur une étendue de conifères trois ans
avant sa naissance, face à une baie profonde.

Grands bois, vous m'effrayez comme des cathédrales

Charles Baudelaire

LE CHEVREUIL

Enfant, Youri les attendait. Tout parlait d'eux alors.
Les émissions de télé, les films, les livres. Il pensait
à eux dans le lit de sa chambre, sur le chemin de
l'école. Avec des mouvements saccadés, il avait fait
semblant une fois de s'enrayer à la piscine munici-
pale en sortant du grand bassin bleu foncé. Il voulait
faire croire qu'il était un androïde pour observer la
réaction des gens autour de lui. Ainsi aurait-il peut-
être percé à jour la véritable identité de l'homme
barbu, à demi nu dans un maillot de bain trop usé :
son père. Personne n'avait fait attention au jeu du
petit nageur s'arrêtant progressivement de bouger au
bord de la piscine dans une pose improbable. Il avait
fini par replonger souplement au fond de l'eau pour
coller son oreille contre un des haut-parleurs d'où
sortait de la musique. Youri aimait cette installation
ultramoderne pour l'époque. Le futur lui paraissait

prometteur. Il pensait à eux, aux êtres qui vivaient sur d'autres planètes et même dans d'autres galaxies, ils permettraient un jour de projeter dans l'avenir les civilisations humaines.

Ce temps est loin, mais c'est le temps qui a modelé Youri et il continue de penser à eux, la nuit surtout. Les années de son enfance ont déposé en lui la possibilité d'un univers habité et cette possibilité ne l'a jamais quitté.

Le soleil est levé depuis une heure peut-être. Un genre de soleil bleu et faible. Youri vient à peine de se mettre au lit devant la télé. Il a monté le chauffage en arrivant, fait du feu : la maison reste froide quand même. Depuis quelques jours elle est vide. Julia passe la semaine en ville, elle a du travail là-bas. Il n'aime pas quand elle s'absente, ne dit rien cependant, parce qu'il garde aussi de l'enfance une obstination définitive à nier devant les autres la tristesse qu'il a d'être seul alors qu'il fait froid dehors et que les rayons du soleil bas ne produiront plus aucune chaleur avant des mois. Pour cela, Youri préfère dormir durant le jour qui n'a de jour que le nom. Il a roulé une partie de la nuit. Il était encore plus au nord qu'ici. Dans un campement forestier du kilomètre 277.

La forêt qui entoure les campements est toujours sombre et dense. Les arbres paraissent avoir été fichés violemment dans les sols recouverts de neige épaisse. C'est pur et très hostile. Le ciel domine le paysage. La nuit, le travail ne s'arrête pas. Les hommes suivent le plan de coupe entré dans le GPS. Youri a l'impression qu'ils sont presque heureux à bord des abatteuses. Hors des étroites sections éclairées par les projecteurs des engins, le noir intergalactique règne et les séquences répétitives de l'espace rythment le temps. Ce n'est pas un endroit pour les vacanciers. Youri est anthropologue. Les quelques jours là-haut lui ont permis d'avancer ses recherches sur l'imaginaire forestier. Cette année, il n'enseigne pas et il compte écrire l'essai qu'il a en tête depuis longtemps. Il a aussi accepté un contrat de réécriture. Un livre sur l'affaire Roswell. Avant son départ pour la région, l'éditeur a remis à Youri une boîte avec toutes les notes de l'auteur, un plan détaillé, ainsi qu'une trentaine de pages rédigées avec peine et peu intelligibles. L'auteur avait bien entendu apporté sa touche personnelle au projet : certains éléments permettaient de tracer des ramifications jusqu'à la bombe atomique non armée larguée en 1950 dans le fleuve Saint-Laurent. La réécriture pour diverses maisons d'édition a été un travail agréable pour Youri durant ses études et il arrive encore qu'un éditeur lui propose un contrat ou un autre. Presque toujours, Youri dit non, mais si le projet l'amuse et qu'il a le temps, il se laisse parfois convaincre. L'argent est une bonne excuse pour accepter.

Youri est monté au campement pour rendre visite à Jimmy. Ces dernières années, ils avaient moins eu l'occasion de se voir. Quand il y pense, la période durant laquelle ils s'étaient vus vraiment régulièrement se résumait surtout à l'année où Youri avait habité avec son père le rang des Épinettes. À l'époque, Jimmy s'occupait avec sa hache et une scie mécanique de freiner la progression constante de la végétation autour de la petite maison de sa famille quand il n'était pas engagé sur les chantiers. Leur terrain partait du rang des Épinettes et continuait plus loin de l'autre côté de la rivière. Le terrain qui longeait côté ouest celui de la famille de Jimmy et traversait aussi la rivière appartenait au père de Youri.

Dans un silence uniquement interrompu par la radio CB, Youri a roulé longtemps la nuit dernière dans l'habitacle confortable de son pick-up. Il a acheté le camion quand ils ont décidé, Julia et lui, de venir ici. Le vendeur de voitures usagées s'est entendu avec lui : il pourra le changer avant l'été pour une voiture si Youri ne l'aime pas. Les phares de l'engin avaient éclairé un orignal, des chevreuils. Il avançait doucement dans le blizzard. Aucune maison le long du large chemin forestier. Personne. Que des animaux, des arbres, le vent et la neige.

Ils se sont installés avec Julia dans la petite agglomération de Bernard-Station pour quelques mois. Le lit est déjà un peu moins glacé que tout à l'heure. La maison se réchauffe. Il allume la télé et arrête son choix sur un reportage consacré aux télescopes spatiaux. Les images de Hubble sont belles. Youri a baissé les stores sur le jour qui grandit dehors. À l'écran, on montre le champ profond Sud, photographié par Hubble, et ses milliers de galaxies lointaines. Un nouveau télescope doit remplacer Hubble, il sera positionné beaucoup plus loin, au point de Lagrange, à 1,5 million de kilomètres de la Terre. La voix off poursuit son exposé sur l'habituel ton monocorde de ces reportages, tandis que Youri s'endort. Sa tête est vide.

Tout est déjà bleu foncé à travers les lattes du store quand Youri ouvre les yeux. Le soleil se couche vraiment très tôt ici l'hiver, il a presque entièrement disparu. La télé est toujours allumée. Il ne se sent pas chez lui dans cette maison. Il n'aime pas ces maisons neuves construites sur de grands terrains battus par les vents et qu'il faut chauffer violemment l'hiver. Il n'aime pas leur calme sépulcral. Il n'aime pas sortir de la maison pour s'engouffrer aussitôt dans le pick-up. Parce qu'on ne peut pas marcher à Bernard-Station, à moins de suivre les chemins des motoneiges derrière la maison en espérant ne pas se faire mortellement happer dans une courbe par l'une d'elles. Le long de la route qui mène au centre du village, il n'y a pas de trottoirs. Dehors, la nuit continue de tomber. Il est invité tout à l'heure chez la mère de Jimmy. Ils habitent toujours le rang des Épinettes et Youri n'a pas envie d'aller manger là-bas.

Julia et lui auraient pu éviter d'habiter dans la maison neuve qu'ils ont louée, parce que la maison de son père appartient à Youri désormais. Mais jamais il ne retournera y vivre.

La douche chaude lui donne du courage. Les vêtements propres aussi.

La route est dégagée. Il n'a croisé que quelques phares. Tout est vide dans le paysage mis à part l'intérieur des maisons que les ampoules électriques illuminent, on ne pose pas toujours de rideaux ici. Il est retourné quelques fois chez la mère de Jimmy, Chantal, repassant ainsi devant le chemin étroit qui mène à la maison de son père. De la route on ne voit pas la maison, les conifères la cachent. Il faut s'avancer beaucoup sur le chemin pour finir par l'apercevoir. Derrière, au fond de la petite clairière, on entend sûrement encore la rivière aux Bouleaux. Youri n'a jamais repris l'allée étroite par laquelle on parvient à la maison, mais tout est resté précis dans sa tête. Quand il avait vécu là, adolescent, il n'y avait pas l'électricité dans le rang. Ça lui semble impossible aujourd'hui. Habité par des Amérindiens, son père et une poignée de marginaux, un des derniers rangs sans électricité au pays. Il est certain pourtant que les manières de vivre des gens n'ont pas été métamorphosées par l'électrification du rang, survenue peu après son départ.

Ses parents ne vivaient plus ensemble depuis longtemps quand sa mère était morte subitement.

Et comme Youri n'était pas encore majeur, le fils avait naturellement été confié à son père, avec qui les liens n'étaient pas rompus. Bien que de façon irrégulière, ils avaient en effet toujours continué de se voir après le divorce. Pendant les premiers mois passés dans le rang, Youri évitait le plus possible de sortir de la maison et même de sortir de sa chambre certaines journées. Au mois de juin pourtant, la douceur du temps l'avait convaincu de passer plus de temps dehors. Il baissait alors la visière de son casque pour rouler dans le rang avec sa petite moto. Il empruntait les sentiers aussi. Des endroits infestés de mouches. Le casque avec la visière descendue et la vitesse de la moto le protégeaient un peu. Les gens du rang l'avaient surnommé le cosmonaute. Et le cosmonaute restait dans sa galaxie.

Malgré son désespoir, au cours de l'été Youri était quand même parvenu à se lier avec Jimmy. D'abord grâce à la moto. Non pas que Jimmy était profiteur, simplement, l'aspect pratique de la moto facilitait les choses. Parce qu'autrement, ils n'auraient su ni l'un ni l'autre comment devenir amis. Grâce à l'engin, Jimmy avait en effet pu proposer au cosmonaute de lui faire connaître le territoire. Youri était très content de la proposition. Comme initiation à la vie sauvage, Jimmy lui avait d'abord fait connaître le Muskol. Ils avaient ri en se frictionnant abondamment la nuque, le torse, les bras et les jambes avec le puissant insectifuge, avant de partir une première fois explorer les environs. Jimmy lui avait aussi appris à être sonore à pied pour ne jamais surprendre les ours, nombreux alentour. Ils portaient ainsi tous les deux à leurs ceintures une clochette de manière à se faire entendre de loin. Youri revoit les oursons noirs qu'il avait rapidement aperçus près des poubelles sur une petite route, l'expression de Jimmy et les clochettes. Le savoir de son nouvel ami l'impressionnait. Jimmy lui avait aussi montré à faire des shotguns indiens. Ils partaient du sol, face-à-face, jambes croisées et se levaient lentement sans décroiser les jambes, à la même vitesse, l'un soufflant dans la bouche de l'autre la fumée, jusqu'à ce qu'ils soient entièrement debout. L'herbe n'était pas très forte. Un bourdonnement de plaisir.

Même si la nuit est tombée, le rang des Épinettes dans lequel il vient de s'engager est plus net à travers le pare-brise du camion que les images du passé si profondément imprégnées en lui qu'elles n'appartiennent plus au monde visible, du moins à ses images figuratives. De l'autre côté du rang, ils avaient traversé un jour les tourbières avec de hautes bottes de caoutchouc. Jimmy lui enseignait comment avancer dans la sphaigne. Et Youri s'abandonnait à cet apprentissage, il s'exerçait aussi à reconnaître le nord en examinant la répartition des branches sur les arbres. Le côté nord en comptait toujours moins.

Il espère que Julia ne s'absentera pas trop souvent, Youri n'aime jamais qu'elle s'éloigne, mais ici, c'est pire. Il sombre. Un phénomène physique se met en place, le passé exerce une force d'attraction, comme le fait placidement la gravitation terrestre sur les corps, tandis que le vide laissé par la disparition de sa mère redevient un précipice.

De façon similaire, la détresse, que son amitié avec Jimmy avait un temps suspendue, s'était intensifiée après le départ de ce dernier pour un chantier plus au nord. Durant cet automne-là, ancien maintenant, une transformation des choses, tout doucement d'abord, s'était imposée à sa conscience, avant de lentement frayer une route en lui. L'accident de Tchernobyl avait eu lieu quelques années plus tôt et l'existence d'un réacteur nucléaire au sud de Bernard-Station, même à plus de deux heures de route, attisait son inquiétude. Là-bas aussi il y avait eu des incidents, disait-on, d'une autre ampleur heureusement, mais dans les plans d'eau, des riverains s'étaient mis à voir parfois des poissons flottant sur le ventre. Surtout, certains disaient qu'il n'y avait plus que des barbottes à pêcher. Les enfants du rang mangeaient des barbottes avec leurs barbillons gluants comme toute leur peau noirâtre et dépourvue d'écailles. Youri ne pêchait pas et pour rien au monde il n'aurait mangé de ces poissons. Sous les arbres encore, certains disaient trouver des moineaux morts et l'on rapportait l'épuisement qui avait gagné plusieurs gros mammifères. Kevin, le plus jeune frère de Jimmy, prétendait ainsi avoir vu un orignal chancelant près de la rivière. Youri se souvient, cet automne-là, de rassembler toutes ces histoires dans sa tête, de les additionner. Peut-être devenait-il craintif comme son père en vivant avec lui.

Les poissons-chats savent rester dans la vase longtemps sans mourir, attendant que l'eau, même la plus contaminée, revienne. Youri avait vu les enfants du rang assommer des barbottes dans la vase. Le plus souvent, ils les pêchaient à l'aide d'un bâton muni d'un fil de pêche et d'un hameçon. Ils aimaient ramasser les vers et les accrocher à l'hameçon en les perforant plusieurs fois. Le plaisir de pêcher venait presque en second. Au moment où la margarine crépitait, les enfants jetaient dans la poêle le poisson coupé vivant en deux, la tête d'un côté, la queue de l'autre. Il fallait couper la barbotte sans quoi elle débordait de la poêle, pour le reste, ils ignoraient que l'on doit vider les poissons avant de les faire cuire.

Après le départ de Jimmy, s'il arrivait que Youri se retrouve dans la forêt à pied, il finissait par tituber comme l'orignal que Kevin avait prétendu voir. Une brève pensée invisible et abstraite vient dans sa tête le montrer trébuchant au milieu d'une mare artificielle vide où des barbottes se tiennent immobiles.

La neige recommence à tomber. Les gros flocons blancs fondent dès qu'ils touchent son pick-up. Beaucoup de chemins ont été élargis et sont maintenant indiqués sur des panneaux neufs, mais les rangs restent là et le rang des Épinettes est toujours l'amorce d'un couvert forestier dense qui s'étend sur plus d'une centaine de kilomètres au nord-est. Depuis un siècle, les fonds des petits lacs de tourbière en altitude et des plus grands plans d'eau en contrebas gardent des billots de bois abandonnés année après année durant le flottage. Quelques murets anciens recouverts de mousse, d'arbres et largement ensablés continuent de corriger en certains endroits le parcours des eaux. On devine ici ou là de vieilles voies forestières qu'empruntent aujourd'hui les motoneiges. La maison où il a rendez-vous est juste après, à droite, avant le ponceau. Des drapeaux colorés avec des mots attikameks dessus ont été suspendus aux poteaux électriques. Le rectangle déneigé dans lequel Youri gare le pick-up laisse apparaître la terre boueuse figée par le gel. Le sol est très inégal. Des chiens aboient au loin. La mère de Jimmy apparaît à la fenêtre en souriant.

Son fils aîné redescend rarement à cette saison, mais il fait passer de l'argent pour la famille. La gigantesque télé a sans doute été achetée par un envoi précédent. La maison est misérable. Un vestibule en contreplaqué a été ajouté à l'extérieur. À l'intérieur, quelqu'un a réparé le plancher avec un morceau de panneau publicitaire. Les portes et les fenêtres ferment mal, on sent l'air froid. Le beau-père de Jimmy offre une bière à Youri. Ils ont préparé du chevreuil pour lui. L'odeur de gibier et celle du tabac sont très présentes dans la maison. On sent aussi la sciure que le lapin gratte dans sa cage derrière le canapé. La maison est faite d'une grande pièce inchauffable et de plusieurs petites chambres. Les enfants de Chantal vivent toujours avec elle. Sauf Jimmy qui s'est bâti à côté dans le rang. Une maison qu'il habite très peu par ailleurs et qu'il n'a jamais tout à fait terminée. Diana, sa sœur, s'y installe avec Junior quand il n'est pas là. Elle passe néanmoins les journées chez ses parents avec son fils.

Kevin et Steve quittent à peine du regard l'écran de la télé pour saluer Youri, qui donne des nouvelles de Jimmy. Il dit que Jimmy est heureux dans le campement, que c'est un beau campement. Ces jours-ci il opère la débusqueuse dans des dénivelés importants. Youri a apporté des photos de Jimmy aux commandes de l'énorme machine. Et l'enveloppe cachetée sur laquelle on peut lire, tracé lentement : *Pour maman et toute la famille, Jimmy*. Le beau-père siffle quand il voit les photos. La débusqueuse est impressionnante. Youri leur décrit les journées de Jimmy. Le lapin s'agite dans sa cage. À part la mère qui s'est assise en face de Youri, ils font tous peu à peu comme s'ils étaient absorbés par autre chose que par ce qu'il dit. Le beau-père est retourné au robinet qu'il réparait. Un mince filet d'eau coule sous l'évier. À la dérobée, les frères regardent le visiteur. Ils fument. La sœur pense au père de Youri que tout le monde appelait le docteur et qui se couchait nu dans la neige. Le fils est plus grand, il lui ressemble beaucoup quand même. Les yeux surtout. Elle ne l'avait pas vu depuis longtemps. Comme le docteur, il parle d'une étrange façon. Ils ont toujours eu un accent bizarre.

Quand Chantal a mis le plat sur la table, ils sont tous venus. Au fond, à part Jimmy, Youri ne connaît pas bien les enfants de Chantal. Ils étaient trop petits et sauvages l'année où il avait habité dans le rang avec son père. Ce soir, ils ne s'adressent pas vraiment plus à lui. Kevin reparle de la débusqueuse. Il demande à Youri s'il en a déjà conduit une. Le beau-père dit qu'il a déjà conduit une petite abatteuse, lui. Que dans ce temps-là, c'était pas comme aujourd'hui. Youri a envie de demander aux enfants de Chantal si les barbottes coupées en deux et cuites dans la margarine les rendaient malades. À dix-sept ans, il n'osait pas le leur demander et il n'ose pas plus aujourd'hui. Les mains du beau-père sont rougies par l'eau glacée, mais le robinet fuit toujours un peu. C'est Jimmy qui a tué le chevreuil qu'ils mangent. Ils le gardent au congélateur pour les grandes occasions. La bête était de l'autre côté de la rivière. La mère pose avec chaleur une main sur le poignet de Youri, qui vient de dire que le plat est excellent.

Les hommes boivent d'autres bières et se resservent du gibier. Jimmy vise très bien. Il a déjà remporté le championnat de tir de la MRC et puis plusieurs autres concours. Steve montre les trophées dorés qui sont posés sur une étagère, tandis que Kevin parle de l'ambiance d'un concours de tir où il était allé avec Jimmy en Ski-Doo. On leur parlait autrement cette fois-là, parce que Jimmy avait gagné. Youri leur rend rarement visite, mais chaque fois qu'il vient, on lui montre à nouveau les trophées. Diana ne quitte pas des yeux l'invité. *Faire passer le chevreuil mort de ce côté-ci de la rivière, c'est là que c'est devenu difficile. Jimmy a mis la bête sur son dos, une bête de deux cents livres au moins.* En racontant l'exploit de son frère, Kevin imite sa position courbée sous le poids de la bête morte. Habituellement Kevin parle moins. Contre lui, le corps était encore chaud, c'est ce que Jimmy avait dit à Kevin, qui sait viser aussi, mais ne chasse pas, lui, parce qu'après, il ne sait pas quoi faire des bêtes abattues. Saigner, dépecer, Jimmy l'a trop embêté avec ça. Quant à Steve, c'est encore autre chose : il pêche. Il aime pêcher. Toute l'année il pêche et l'automne, il chasse avec des cousins et des amis. Kevin dit que Steve tire bien, qu'au fond, ils tirent tous bien, que c'est rare trois frères d'un coup qui tirent aussi bien, mais que ce n'est pas comme Jimmy. Jamais Steve ne partirait seul avec sa carabine dans le bois. Steve marmonne que c'est vrai, il préfère être seul, immobile, au-dessus de l'eau, à guetter les poissons, plutôt que haletant dans la forêt avec une carabine à l'épaule. Kevin est surexcité et rit en parlant. C'est après avoir demandé l'assentiment de sa mère deux ou trois fois en faisant, *Hein maman? Hein maman?* sans obtenir de réponse, qu'il a remarqué le silence qui s'était installé autour de la table. On entend les gouttes tomber dans le seau de plastique sous l'évier quand Diana prétexte les pleurs de Junior pour se lever de table. Chantal reprend la conversation en main en notant, maternelle, que Youri a maigri. *Il faut que tu prennes soin de toi.* Chantal demande si sa femme lui fait au moins à manger. Le beau-père vient de s'ouvrir une autre bière, il a beaucoup grossi depuis la dernière visite de Youri. Cette fois-là, il s'essayait encore à un semblant de complicité avec son invité autour de la question des femmes. Mais ce soir, la fatigue l'emporte et Youri a l'impression que la gravité est en train d'avoir raison du beau-père de Jimmy. Sans raison précise, chacune de ses soirées ici avait été pénible. Pour Chantal, qui fait du café, aussi. Quand il sera servi, ce sera presque terminé.

Les frères retournent fumer devant la télé, dont le son est plus fort maintenant qu'au début. Youri est soulagé d'avoir épargné cette soirée à Julia. Sur la cage du lapin, Diana a posé la couverture pour lui faire du noir. Le beau-père sort un alcool et deux petits verres qu'il remplit. Il parle de la maison qui appartient à Youri, il voudrait savoir ce qu'il va en faire. *Qu'est-ce qu'elle va devenir la maison de ton père? Vas-tu la laisser s'écrouler?* Youri dit que non, bien sûr. Qu'il a prévu de s'en occuper au printemps. Le beau-père remplit à nouveau les petits verres. La dernière fois qu'il est allé voir la maison, tout allait bien, invente Youri. Il parle en détail des travaux qu'il veut entreprendre, le beau-père le sert une autre fois, Youri précise encore, décrit l'aménagement qu'il compte faire, puis, à un moment, bâille exagérément en se levant, les prie de l'excuser, revenir du campement l'a épuisé. Il remercie et serre la main aux hommes, même au petit Junior, et embrasse la mère et la fille.

LA MAISON

Du cadre lumineux de la fenêtre, les femmes lui envoient la main. Dehors, les épinettes et les mélèzes partout alentour sont funèbres. Le vent continue de souffler sur les espaces ouverts, une caresse à côté des vents de Mars, où de puissants tourbillons de poussière traversent un paysage sans oxygène fait de plaines et de formations rocheuses menaçantes. Il les salue de la main à son tour, en déverrouillant à distance les portières. Le pick-up exécute un bref jeu de phares et une sonnerie d'accueil. Son camion le rassure. Le moteur ronronne. Les roues adhèrent parfaitement à la neige. Peut-être que les vents ont fait tomber la maison de son père construite sur un remblai. Au moins le toit. Ou la remise. Ce soir, pour la première fois depuis toutes ces années, il a envie d'aller voir l'aspect extérieur de la maison, mais le petit chemin qui y mène n'a pas été ouvert.

Même avec ses quatre roues motrices, le pick-up ne peut passer, il y a trop de neige. Youri l'a stationné à l'entrée du chemin. Les arbres ont grossi. La chaîne qui ferme le chemin est ensevelie sous la neige. Les petits verres d'alcool qu'il a bus avant de prendre congé de ses hôtes lui donnent du courage. La maison au bout de ce chemin envahi par la neige lui appartient. C'est sa maison. Il ne veut pas l'habiter, mais il peut aller la voir. Elle n'appartient à personne d'autre qu'à lui sur Terre. Peut-être qu'un arbre est tombé dessus et qu'il neige maintenant dans ce qui était la chambre de son père. Peut-être que de la glace aussi s'est formée sur sa table et sur sa lampe de travail.

Au bord de la route, la boîte aux lettres n'est plus visible. Elle aura été arrachée par un inconnu ou par le vent. Youri a sorti de son camion ses raquettes en aluminium, une lampe torche et un couteau de chasse avec un manche en corne, cadeau de son père pour ses dix-sept ans. Il enfonce encore un peu dans la neige malgré les raquettes. Il avance entre les arbres, le vent siffle toujours sur les cimes et les parcelles ouvertes. Il n'y a pas de lune, mais la neige blanche donne un peu de luminosité dans toute cette ombre. Sur le petit chemin, les arbres ne parviennent pas encore à repousser, les voitures ont compacté les sols en roulant là durant plusieurs années. Une neige immaculée, à laquelle le vent a donné des angles étranges, remplit maintenant le chemin. Youri reste dans le boisé, il avance lentement en direction de la maison. Une pente légère y descend. Il se souvient qu'à l'arrière de la maison le dénivelé se prolonge jusqu'à la rivière dont le bruit est très faible à cette saison. Les raquettes de Youri laissent de larges traces dans la neige. Il n'aime pas dissimuler aussi peu sa présence ici. Les animaux dessinent des pistes complexes qui s'accordent avec l'étendue végétale en dormance, quand les traces humaines font *comme des chariots ou des socs déchirants.*

Il suit les conseils de Jimmy pour être aussi discret qu'une bête. Avancer de quelques pas, puis s'arrêter un instant pour écouter, avant de repartir durant cinq ou sept autres pas. Ne jamais s'arrêter au milieu du chemin quand il y en a un, rester décentré toujours. Il aime la nuit, il vit la nuit, n'a cependant pas l'habitude d'être seul dans le bois quand le soleil est couché. À bord de son pick-up sur un chemin forestier, c'est différent. Mais à pied, personne ne va seul dans le bois la nuit. Presque personne. Même les marginaux qui habitent la forêt profonde restent la nuit dans leur tanière. C'est ce que Youri imagine du moins. Et s'ils sortent quand la lune est grosse, ils savent rester discrets comme les animaux sauvages. Certains effacent leurs traces, Jimmy lui avait montré comment faire. Youri s'encourage en se disant qu'il n'est pas dans un territoire sauvage, s'il lui avait pris de monter dans la montagne qui s'élève juste après la rivière, il pourrait se dire que c'est extravagant, peut-être. Pour l'instant, il ne fait qu'avancer sur un terrain près de la route, un terrain qui lui appartient et dont il doit faire quelque chose. Il doit s'occuper de cette maison, la vendre, la liquider. Depuis plusieurs années, l'endroit est resté dans sa tête et il doit profiter de son séjour ici pour régler la question. Le réel submerge ses pensées, leur impose son insignifiance. Il est possible qu'alunir ait fait le même effet aux astronautes américains. La mission d'Apollo XI était quelque chose d'immense, rien à voir avec son détour dans le rang des Épinettes. Il n'empêche, quand la mer de la Tranquillité entièrement sèche s'était donné à voir pour ses yeux, peut-être que, tandis que Neil Armstrong se chargeait de faire la déclaration historique que l'on sait, Buzz Aldrin ressentait une irrépressible déception devant tout ce roc entouré de vide. Souvent Youri a pensé qu'il était horrifiant que la Lune soit dénuée d'atmosphère. Il se demande comment les astronautes se percevaient, s'ils se voyaient comme les acteurs d'un film spectaculaire sans autre utilité que celle de fabriquer un spectacle grandiose et incroyable.

Tout est triste ici. Davantage, si c'est possible, que du temps où son père était encore de ce monde. Habituellement, Youri sourirait pour lui-même en pensant cela, une légère angoisse continue néanmoins de monter en lui à mesure qu'il avance. Il reste aux aguets quelques secondes, puis fait encore sept pas. Devant lui, les contours de la maison commencent à apparaître, on distingue le tracé que dessine le toit à deux versants dans le ciel sombre. Elle tient toujours debout. Il n'y a rien de beau dans cette construction. Que des bardeaux d'aluminium grisâtres qui recouvrent une charpente de bois sur laquelle de la laine minérale rose et des feuilles de goudron ont été clouées. La maison est comme un cadavre derrière les épinettes, c'est ce que se dit Youri. Un cadavre que seul le froid a pu conserver de la sorte.

Le vent souffle violemment sur la maison immobile. Il est vraiment étonnant que les bardeaux n'aient pas été soulevés au fil des ans par les assauts du vent. Youri est toujours dans la partie boisée du terrain quand il perçoit du mouvement à proximité de la maison. Son cœur se met à battre vite. Sa main serre le couteau. Les contes pour enfants dans lesquels les animaux habitent des maisons, puis les loups, les sangliers et les ours qui habitent dorénavant les maisons des territoires irradiés de Tchernobyl traversent ses pensées. Il va rebrousser chemin. Doucement. Il ne veut pas céder à la panique. Il se retourne pour regarder encore une fois la maison : cette fois, une faible luminescence vient de la fenêtre de droite. Pour voir mieux, Youri devrait se rapprocher, mais il ne le fait pas. Il reste immobile, tente de distinguer dans le noir ce qui brille au loin derrière cette vitre. Puis décide de retourner à son camion. Ses pas sont de plus en plus hâtifs. Il a peur, traverse rapidement le sous-bois en sens opposé, met ses raquettes et sa lampe torche dans la boîte du pick-up avant de se glisser enfin à l'intérieur de la cabine. Youri garde le couteau de chasse à la main, tandis qu'il tourne la clé dans le contact.

Il l'a déposé sur ses genoux quand le rang des Épinettes a disparu de son rétroviseur.

LA TÉLÉVISION

La télévision le ramène à un monde familier. Le vent souffle fort sur le terrain ouvert, mais tout est calme chez lui. Sur la route, il n'a croisé qu'une seule voiture qui a roulé un moment derrière lui, puis plus rien. Il s'installe à la table du salon d'où il peut jeter un œil distrait sur les images et les inscriptions superposées de l'information continue. La luminescence qu'il a cru apercevoir à la fenêtre continue d'occuper ses pensées. Elle lui rappelle la lumière des lampes avec lesquelles ils s'éclairaient pendant l'année passée avec son père, quand il n'y avait pas encore l'électricité. Un genre de coton imbibé de combustible diffusant une faible lumière. Comme la petite cuisinière, le réfrigérateur était relié à une bonbonne de propane derrière la maison. Dans les toilettes glaciales durant plusieurs mois, il fallait amener un gros seau d'eau avec soi pour tirer la chasse.

Assis à la table, Youri est calme. Il avait paniqué au milieu de la forêt. Il avait été épouvanté. Mais maintenant, il a repris ses esprits. La maison neuve et confortable qu'ils ont louée le rassure, cette nuit, il l'aime. Il n'aurait pas dû retourner là-bas dans l'obscurité. Sans prévenir personne. C'était ridicule d'avancer à couvert dans le bois comme pour surprendre la maison. Être aussi fuyant avec le beau-père de Jimmy n'était pas nécessaire non plus. Même si la posture de patriarche que prend le beau-père pour lui faire la leçon le met hors de lui.

Il aurait dû attendre le retour de Julia, ne pas être si impulsif. L'espace d'une seconde, il se déçoit d'avoir à ce point besoin de sa présence et d'avoir à ce point besoin de lui parler, encore parler et parler. Il se méfie de la manière dont les gens se parlent. Il a toujours admiré le silence des animaux. Youri pense dans le même temps que leurs échanges à Julia et à lui sont une sorte de langue qu'eux seuls connaissent et qu'au fond, ce n'est pas parler. Il aime quand elle est dans la maison. Il aime que sa peau soit chaude. Il aime quand elle rit, l'embête ou même quand elle travaille et fronce les sourcils pour se concentrer davantage. Julia est le contraire de la mort. Elle lui sourit sur la photo mal imprimée qu'il a collée au mur. Rencontrer Julia a été la chance de sa vie. Elle sera de retour bientôt, il a hâte. Elle est l'exact opposé de la surface des planètes vides du système solaire qui lui donnent parfois la nausée. Le vide de Mercure et sa prolifération de cratères déserts. Le vide de Vénus. Les températures terribles de toutes ces planètes. Dans les zones inadéquatement atteignables pour la connaissance humaine, tout est rêche, morne et sans couleur, comme la peau que l'on prêtait encore aux dinosaures récemment. Une même matière approximative qui remplit les creux du savoir. Les images de Hubble et ses *vues d'artistes* sont différentes, elles expriment une nouvelle manière de regarder l'univers. Elles sont plus lumineuses que les planètes telluriques ou gazeuses du système solaire. De la même manière, au fil des ans, les paysages de Mars se sont précisés et commencent à ressembler à quelque chose. De grandes étendues de roc blond sur un relief accidenté.

Youri a lu récemment un livre dans lequel Thomas De Quincey raconte les *générations successives d'immortelles bêtises* et les *siècles de lourdauds* qu'il a fallu pour qu'un malheureux sofa soit inventé. Aujourd'hui, les programmes d'exploration spatiale parlent de *deep space exploration*. Ça le fait sourire. Des lourdauds qui consacrent leur existence à l'exploration des profondeurs de l'univers. Des lourdauds comme lui qui tentent de s'orienter dans l'inconnu.

Depuis qu'ils sont à Bernard-Station, et malgré ses bâillements exagérés tout à l'heure dans la famille de Jimmy, il a rarement sommeil la nuit. Youri cherche à éviter le temps qui s'étire toujours pour lui entre l'état de veille et le sommeil quand les lumières sont éteintes. Ce lent glissement durant lequel les pensées sauvages les plus dures tournent dans sa tête et finissent par, alors que le monde des rêves s'apprêtait à l'accueillir, le réveiller brusquement et pour de bon. De toute manière, pour Julia et Youri, le jour, il n'y a pas grand-chose à faire dans l'agglomération. La nuit est plus pure, plus esthétique même. Ils dorment ainsi souvent en matinée et, comme tout le monde, sortent une fois la semaine, parfois plus, pour se ravitailler en nourriture ou acheter quelque chose d'inutile. Autour du centre commercial, le stationnement géant sans arbres est constamment balayé l'hiver par un vent glacial. La maison qu'ils habitent a été construite à la sortie d'une petite ville transitoirement prospère et le centre commercial est à l'image de cette prospérité soudaine avec ses enseignes monstrueusement grosses.

Il ne sait pas s'ils resteront longtemps ici. On leur a loué la maison jusqu'à l'été, mais il n'est pas sûr de parvenir à habiter la région plus d'une saison. Répondre machinalement à des courriels d'étudiants et de collègues à l'aide des touches douces de son ordinateur métallique canalise son attention. Il devra retourner dans la maison de son père avec Julia pour vider ce qu'il reste à vider et décider de la suite, il le sait. Si Jimmy avait été là, Youri lui aurait demandé de les accompagner. La maison a ramené Youri ici, dans ce vide. La maison en suspens est parvenue à le ramener jusqu'à la rivière aux Bouleaux. Il est là depuis un mois et il ne s'en était pas rendu compte avant. Il pensait pourtant avoir appris déjà que l'évidence reste sans doute la chose la plus difficile à percevoir – il voit bien cependant que cette pensée n'a rien mis en lumière, sinon la potentialité illusionniste du réel que dessinent ses perceptions tronquées et défectueuses.

Le mouvement près de la maison est facile à expliquer, il est plus difficile en revanche d'expliquer la faible lumière qu'il a vue derrière la fenêtre de celle-ci. Un reflet ? Peut-être. Youri est retourné à son univers. Il n'a plus d'effroi, mais la luminescence qu'il a cru apercevoir garde quelque chose d'incompréhensible. Il y retournera avec Julia durant le jour et prendra la carabine. Les animaux n'allument pas de lanternes, mais ils investissent les endroits abandonnés par les êtres humains. Avec Julia, il inspectera le terrain et l'intérieur de la maison surtout. Quelqu'un y habite peut-être.

Il se sert un verre de Chablis et met *Stalker*, un film très opaque. Il avait beaucoup regardé les films de Tarkovski plus jeune, mais n'a jamais vu celui-là. En dehors du vin blanc sec et minéral, il aime le sens premier du mot *chablis*. La tempête de vent n'est pas terminée, elle est même plus forte que tout à l'heure : il entend les rafales siffler furieusement contre les angles des murs extérieurs. Il est encore possible qu'un arbre s'abatte sur le toit de la maison du docteur. Un arbre à croissance rapide qui aurait poussé sur le médiocre terrassement de la maison. Youri a lu récemment un article qui l'a fasciné sur les chablis, ces arbres couchés par les tempêtes. *Les chablis et la naturalité de la catastrophe* ou quelque chose comme ça.

Stalker le met mal à l'aise. Il ne l'aurait peut-être pas regardé maintenant s'il avait fait attention au sujet du film. L'action se déroule dans un endroit appelé la Zone. Une météorite a-t-elle touché l'endroit ? Un accident nucléaire est-il survenu? Le film laisse ces questions en suspens et montre plutôt un professeur de physique et un écrivain qui se rendent dans la Zone accompagnés d'un *stalker*, un genre de passeur. Ils veulent découvrir la chambre qui s'y trouve et dont on dit qu'elle réalise tous les désirs. On voit marcher les trois hommes dans des eaux contaminées. Aux abords de la Zone, le réseau électrique est en partie effondré et des détritus jonchent les ruelles boueuses du complexe industriel. La radioactivité est sans doute terriblement élevée partout ici. Davantage encore dans les tunnels dont on ne s'explique plus la fonction. À l'intérieur de la Zone, les fleurs ne sentent rien. La nature n'a plus d'odeur.

Malgré le malaise que suscite d'abord chez Youri *Stalker*, la profondeur de Tarkovski finit par l'apaiser. La complexité philosophique du film l'hypnotise. La pureté du Chablis aussi.

LES TABLEAUX

Au réveil, il est surpris de sentir le manche du couteau de chasse dans sa main. Il ne se rappelle plus
avoir gardé le couteau contre lui. Sur la lame, très
large et épaisse, il a fait graver il y a longtemps une
phrase de l'astronome Tsiolkovski. De son père, il a
gardé ce couteau et la carabine, un petit calibre. La
mère de Jimmy, Chantal, voulait aussi à l'époque
qu'il garde les vêtements, les livres et les meubles
du docteur. Mais Youri n'avait rien voulu conserver
d'autre. Il avait demandé à Chantal de choisir ce
qu'elle voulait et de se débarrasser du reste.

La dernière fois que Youri était entré dans la
maison, son père venait de mourir. Jimmy lui avait
trouvé un chantier dans la région quelques semaines
plus tôt. Depuis presque deux ans Youri vivait seul
en ville et il devait gagner de quoi pouvoir manger et payer la chambre qu'il habitait. Le chantier

de Jimmy lui permettrait de voir venir un peu, le temps de trouver un travail plus intéressant, plus près surtout de chez lui. Il voulait étudier aussi. Il avait terminé le secondaire, mais n'avait rien recommencé après la disparition de sa mère. Son père l'avait accueilli puis, un jour, l'avait brusquement chassé de la maison. Youri s'était ainsi retrouvé sans ressources et plus il était pauvre, plus les patrons des petits commerces refusaient de l'engager. En ville, la pauvreté commençait à trop se voir sur lui, même si un certain dénuement ne l'avait au fond pas gêné. Au milieu des arbres, personne n'avait prêté attention à son aspect général. Un promoteur était d'accord pour engager ce garçon discret qu'un jeune travailleur forestier du coin recommandait. Youri se trouvait donc dans la région à abattre des résineux quand son père était passé de vie à trépas.

C'est Steve qui avait fait la macabre découverte. Il remontait la rivière un harpon à la main, avait-il expliqué aux patrouilleurs, quand il avait aperçu des vêtements couvrant une forme à peu près humaine sur le fil de l'eau, à la hauteur de la maison du docteur. Il ne pouvait avoir la certitude de reconnaître le père du cosmonaute dans cette épave pressée contre les pierres par le courant et qu'il n'osait trop approcher, avait-il affirmé aux secours, en élevant le ton. Il s'était donc dépêché d'aller cogner à la porte de la maison. En direction des fenêtres du haut, Steve avait appelé aussi, *Monsieur! Monsieur!* même s'il trouvait étrange, ainsi qu'il l'avait dit encore, d'appeler celui qui était très probablement le cadavre flottant dans la rivière glacée. Aucune réponse ne venant, Steve était rentré chez lui prévenir Chantal et les services d'urgence. L'ambulance avait mis du temps à arriver.

Pour l'authentification du corps, les patrouilleurs-motoneigistes avaient attendu la présence de Youri. À son arrivée, la dépouille était déjà hors de l'eau, étendue sur une civière et recouverte d'une couverture orange. L'intérieur de la maison était resté tel que son père l'avait quitté. Youri a le souvenir d'une odeur de chicorée qui persiste à imprégner les lieux. La vaisselle qui remplissait l'évier. Les ordures. La margarine. Les tranches de pain mou gardées au réfrigérateur pour qu'elles ne moisissent pas trop rapidement. Les vêtements jetés pêle-mêle dans les chambres. Le désordre habituel du docteur était partout.

Youri se demande ce qui reste encore dans la maison. La mère de Jimmy a sans doute beaucoup enlevé de choses, mais elle n'a pas pu tout vider. Bien sûr, les pièces de monnaie que le docteur avait l'habitude de laisser s'accumuler sur le sol de sa chambre ont été ramassées. Les morceaux de nourriture qui jonchaient toujours le plancher de la cuisine ont été balayés aussi. Si des miettes avaient été oubliées, les mulots les avaient mangées depuis longtemps. Le frigidaire a dû être repris par quelqu'un. Youri est sûr qu'il reste des choses quand même, moins apparentes. Il se demande ce qu'est devenu le pistolet semi-automatique qu'un garde-chasse alcoolique avait vendu à son père. Youri était avec lui le jour de la transaction. S'il ne saurait retrouver la route, il se souvient cependant qu'avec son père, ils avaient roulé plusieurs kilomètres sur un chemin forestier au nord du rang. Il était tôt encore le matin et le garde-chasse les attendait avec un large sourire en titubant déjà. Le docteur, lui, ne buvait pas. Il avait voulu acheter ce pistolet pour une raison inconnue de Youri et n'avait plus jamais reparlé de l'arme à son fils. Le père de Youri ne l'évoquait pas plus quand son propre père leur rendait visite pour le faire tirer avec les carabines sur les troncs d'arbre. Le grand-père paternel de Youri disait avec autorité qu'il fallait régulièrement utiliser les armes à feu. Pour éviter qu'elles ne s'enrayent sans doute, mais il ne le précisait pas. Il criait juste à son fils de tirer et de ne pas avoir peur et le docteur s'exécutait, visait le tronc avec l'arme de façon incertaine et appuyait sur la gâchette. La détonation claquait très fort dans la forêt et le déséquilibrait un instant. C'était loin d'être un tireur-né, mais il aimait les armes à feu. Il aimait la frontière que tracent les armes quand on les a à la main.

Youri est sûr que Chantal n'a pas fouillé la maison. Elle s'était acquittée de ses engagements : liquider ce qui recouvrait les sols et les meubles. Elle avait aussi vidé les placards. C'est ce qu'elle lui avait dit. Youri n'avait pas pu lui demander de s'occuper de la cave de service et du petit grenier de la maison. C'était à lui de le faire. Elle n'avait sans doute pas vidé le coffre non plus dans lequel son père collectionnait des images de femmes nues, toutes blondes et grandes. Quand il vivait là, Youri avait découvert par hasard le coffre dans la cave. Le père s'était aperçu de l'indiscrétion et avait semblé heureux de la curiosité de son fils. Collectionner des images de femmes nues dans des positions obscènes soulignait son appartenance au sexe fort et le docteur tirait une satisfaction de cela. Peut-être qu'il trouvait une satisfaction légèrement apparentée dans l'entêtement qu'il avait à manger toujours le même repas midi et soir : du poulet roulé dans la farine et qui avait collé au fond d'une casserole d'aluminium et qui collait aussi dans sa barbe. Peut-être que là encore, c'était une affaire de virilité. Mais cela semblait plus bizarre, plus aléatoire comme insigne de virilité que la collection de chattes blondes et roses ouvertes. Surtout, le père adorait gratter bruyamment le fond de la casserole avec la fourchette et finissait toujours par manger avec les doigts. À propos de quoi il affirmait, doctoral, *Le poulet s'y prête parfaitement bien*. De grandes rasades d'orangeade à même la bouteille faisaient passer le tout. Chez Youri, le règne qu'exerçait son père sur le poulet et sur les images de chattes claires avait intensifié chaque jour durant leur cohabitation la désertification du monde engendré par la disparition de sa mère. Ce n'était pas la faute de son père si une rupture d'anévrisme avait subitement emporté la femme douce qu'était la mère de Youri. Mais l'absence d'une quelconque manifestation de tristesse devant sa mort faisait de lui, aux yeux du fils, une sorte de complice objectif de sa disparition. Sans elle, tout n'était plus tout à fait clair dans la tête de l'adolescent. Il arrivait ainsi que le visage de celui qu'il apercevait dans le petit miroir ne lui soit pas si familier et qu'un fin brouillard entoure sa position dans le réel. Durant des semaines pourtant, sans rien demander à personne, Youri s'était efforcé de chasser la tristesse le plus possible. La tristesse cependant s'agrippait à lui plus fortement encore, comme les insectes l'été. La disparition de sa mère avait fait de lui un jeune homme épisodiquement granitique. Fidel, la belle chienne de son père, apportait heureusement un certain réconfort à Youri. Elle était affectueuse avec tout le monde et sa présence le rassurait. Elle n'avait cependant d'yeux que pour le docteur, son seul maître, avec qui elle dormait la nuit et qu'elle suivait à la trace le jour. Et parce qu'elle était pressée de rejoindre son maître qui était levé, Fidel ne restait jamais dans la chambre de Youri plus d'une minute ou deux le matin, quand, le reniflant rapidement, elle venait s'assurer de sa présence.

La chambre du docteur occupait la moitié de la surface du deuxième étage de la maison, à côté de laquelle deux autres pièces avaient été aménagées. La chambre de Youri était une de ces deux pièces. Dans l'autre, son père avait organisé un genre de cabinet médical. Une table d'examen antique, un tabouret et une grande armoire à pharmacie étaient entreposés dans cette pièce particulièrement glaciale. L'année où Youri avait vécu là, de très rares patients venaient encore se faire examiner par son père qui plaisantait de cette rareté, il lissait les poils de sa barbe en prenant l'expression rieuse du paysan d'un tableau qu'il vénérait. Le docteur avait offert à son fils deux ou trois ans plus tôt un grand livre reproduisant cette toile parmi d'autres peintures de genre. Le père et le fils se voyaient alors irrégulièrement. Youri ne se souvient plus du nom du peintre, mais il se souvient avoir ri quelquefois des extravagantes poses du docteur avant la disparition de sa mère. Il arrivait encore à cette époque que son père le fasse rire. Cet homme-là l'intriguait, il percevait en lui un individu singulier avec lequel il était plutôt content d'être lié. Son père mimait assez souvent aussi une autre toile qui représentait un forgeron en bras de chemise, éclairé par le feu puissant de la forge qui brillait dans ses yeux. L'homme avait le regard inquiet de certains animaux. Le peintre s'était particulièrement attardé aux larges mains, si souvent brûlées et aux puissants avant-bras de l'homme desquels saillaient les veines. Durant l'année où Youri avait vécu dans le rang des Épinettes, le docteur avait moins eu l'occasion d'imiter l'expression du forgeron. Celle du paysan hâbleur se prêtait mieux à la vie commune avec son fils. Quoi qu'il en soit, le docteur tournait en ridicule cette pénurie de patients et retournait à son existence austère le moment d'après. Elle appelait d'autres personnages peints. Un homme maigre, par exemple, enchaîné, la main droite brandie avec les deux doigts croisés des vieux-croyants russes, sous les regards moqueurs d'une foule en désordre.

Les lits de la maison sentaient l'humidité, comme les nombreuses couvertures qui les recouvraient. Matelas et sommiers étaient tachetés de moisissure. Le chauffage de la maison se résumait à un poêle à bois au pied de l'escalier.

La matière sombre de l'univers et ce temps-là se confondent dans la tête de Youri. Il avait lu des articles sur la matière sombre, sans comprendre toujours, mais en se laissant captiver par les spirales d'interrogations non intuitives que suscitent sa conceptualisation. Il n'était jamais parvenu à assimiler les notions de parsec ou d'années-lumière et les trillions de kilomètres lui semblaient être une énigme effroyable posée à l'espèce humaine. Les gens mouraient, des millions de gens et même des milliards, sans que personne perce l'énigme qui aurait pu suspendre peut-être le processus mortel dans lequel est engagé le vivant.

LE LAC

À travers les larges fenêtres de la cuisine, la limite du terrain est très nette : la forêt dense recommence brusquement derrière la maison. La pièce est vide. Mise à part la grande image qu'ils avaient installée dans le salon, décrocher du mur les trois ou quatre cadres sans personnalité de la cuisine était un des rares efforts de décoration auquel Julia et lui avaient consenti à leur arrivée. Youri aime boire là un premier café dans la journée, accoudé contre le comptoir blanc. Son regard s'attarde encore sur la ligne sombre que dessinent les troncs d'arbres qui sortent de la neige. Il y a longtemps que le visage hirsute de son père n'a pas fait irruption avec autant de netteté dans sa tête. Le rythme lent de la région et son isolement favorisent en lui le déploiement du passé. Ainsi de la *réception,* c'était les mots de son père, que le docteur avait organisée une fois. Trois ou quatre assiettes en carton avec des chips, des poivrons verts et des sandwichs aux œufs ou au thon avaient été disposées sur la table. Parce qu'on les invitait, les voisins étaient venus. Ceux qui n'avaient jamais consulté le docteur étaient curieux sans doute de voir l'intérieur de sa maison. Ils avaient bu du Sprite, de la bière et du café instantané. Personne n'avait touché à la nourriture.

Les jours raccourcissaient et les arbres perdaient leurs feuilles. Jimmy, son unique ami, était parti travailler sur un chantier au nord et dans les semaines qui avaient suivi la *réception*, le jeune Youri n'avait vu personne d'autre que son père et la tristesse en lui était entièrement revenue. Avec le recul des années, il percevait tout cela de manière plus précise. L'absence de sa mère le clouait au lit dans sa chambre humide ou encore dans le séjour un peu plus sec grâce au poêle à bois. Le départ de Jimmy l'avait rendu à sa peine. Durant ces semaines, jamais le père n'avait relevé la tristesse de son fils. Un jour pourtant, une forte colère s'était emparée de lui. Il avait alors menacé Youri de le mettre à la porte s'il continuait de se montrer toujours sombre. Youri avait été très étonné de la remarque de son père, ce qui ne l'avait pas empêché de percevoir le sérieux de

la menace. Aussi, pendant des jours avait-il dissimulé le plus possible sa tristesse. Tant et si bien que
le docteur n'était plus revenu sur ses menaces les
semaines suivantes.

Un après-midi, alors que le père avait dû s'absenter
deux ou trois jours, ce qui arrivait rarement, laissant
Youri seul avec Fidel et le radiocassette, Jimmy avait
réapparu sous sa fenêtre. Youri était vraiment heureux de le voir. Il n'avait rien à raconter et souriait
sans arrêt, il avait aussi mitraillé Jimmy de questions.
Il voulait tout savoir sur son travail et sur les gens
qui étaient là-bas. Le soir, les deux jeunes hommes
avaient mangé ensemble et largement bu la vodka
apportée par Jimmy. Ils étaient ensuite sortis faire
courir la chienne et fumer dans la forêt où le fond
de l'air était déjà hivernal. Jimmy avait raconté qu'au
campement, il dormait sous la tente. Plus tard, ils
étaient montés dans la chambre de Youri pour écouter de la musique et, comme il faisait un peu froid,
ils s'étaient naturellement mis sous les couvertures
humides pour continuer de parler, bien plus qu'à
leur habitude. Fidel dormait au pied du lit quand
les deux jeunes hommes s'étaient rapprochés dans la
nuit silencieuse. Nul cri d'animaux. Mais la chienne
avait rouvert les yeux sur la respiration brièvement

forte de Youri. Elle avait perçu du mouvement sous les couvertures et refermé les yeux quand, l'instant d'après, tout était redevenu immobile.

Alors que le soleil se levait à peine, Fidel s'était précipitée avec entrain sur le docteur qui ouvrait silencieusement la porte de la chambre de son fils. Il avait accueilli la bête avec joie, mais le sourire du docteur s'était figé en apercevant sur l'oreiller la tête de Jimmy à côté de celle de Youri. D'une voix forte, il avait alors articulé quelque chose d'aussi inattendu qu'étrange, *La promiscuité sous mon toit*, en détachant chaque son, avant de redescendre bruyamment l'escalier. Puis, comme s'il changeait d'avis, il avait remonté le même escalier l'instant d'après et, dans l'embrasure de la porte, octroyé quinze minutes à son fils pour quitter la maison. Sous les couvertures, à leur tour saisis, les garçons avaient attendu que le docteur reparte pour se lever. Youri s'était empressé d'enfouir, en plus d'un sac de couchage, quelques vêtements dans son petit sac à dos et des pièces de monnaie que son père laissait toujours traîner au sol.

Fulminant, mais droit dans ses bottes, le docteur les avait regardés sortir de la maison sans se retourner. L'ennemi en déroute. La moto les avait emportés hors de sa vue rapidement.

La faible luminosité du crépuscule éclairait les forêts que le jour n'avait pas encore réchauffées. Youri conduisait trop vite, comme s'il était pris en chasse. Ils avaient quitté le rang des Épinettes par le nord, Jimmy lui indiquait le chemin à prendre. Quand ils s'étaient arrêtés pour souffler un peu et décider ce qu'ils allaient faire, Youri, une fois la visière de son casque remontée, avait eu l'air égaré. Il rêvait de quitter la maison de son père depuis qu'il y vivait et c'est son père qui l'avait chassé comme un chien errant. Ce jour-là pourtant, il ne se rappelle pas avoir ressenti du désespoir. Il a le souvenir de la gêne légère qui s'était invitée entre Jimmy et lui. C'est que la colère du docteur donnait une importance bizarre à leur proximité. La gêne s'était promptement dissipée et, avec Jimmy, ils avaient ri en imitant la voix empruntée de son père. Le docteur sentait la mort et il avait répandu un nuage délétère autour de lui.

Le long d'une bleuetière, Youri se souvient que ce matin-là son regard avait croisé celui d'un cultivateur qui vaporisait les arbrisseaux. Ils s'étaient salués de la main. Youri était heureux de ne pas s'arrêter, de passer si rapidement devant toutes ces fermes tristes à cette saison. Quelques vaches laineuses se tenaient dans la boue autour d'une auge. Plus loin, un chien enchaîné avait aboyé sur leur passage. Plus un appel qu'une menace. Jimmy trouvait que c'était l'occasion de montrer à Youri un endroit un peu magique de la réserve. Pour cela, il fallait emprunter une route plane, puis davantage vallonnée vingt kilomètres plus loin. Avec des fermes boueuses qui donnent un paysage doux. Jimmy conduisait à présent. La route serpentait longtemps dans la campagne, le long des cultures, des silos à grains, du bétail paisible et à nouveau devant des champs et des serres. Jusqu'à ce que Jimmy s'engage sur un ancien chemin de bois qui les ramenait dans une zone au couvert forestier dense. Sous les arbres, des maisons et des roulottes étaient éparpillées au bord de la piste défoncée, Jimmy avait alors bifurqué sur un chemin plus étroit encore et contourné la barrière qui en interdisait l'accès. Ils avaient roulé ainsi une dizaine de kilomètres avant de récupérer une route déserte où, sur la droite, la trace saisissante d'un soulèvement de la croûte terrestre apparaît subitement. Là, une étendue d'eau baigne le bas de toutes les collines. Tout autant que la forme étrange du lac, résidu d'un glacier géant qui a dérasé les montagnes ici, l'échelle brusquement sauvage donnait le vertige à Youri. Jimmy avait dit, *L'autre jour j'ai pensé que je ne t'avais pas encore amené ici et que c'était dommage.* Entre le radiocassette à piles et la lampe propane, Youri végétait bêtement depuis des mois dans la chambre glaciale et humide de la maison de son père. Il enviait la liberté de Jimmy.

Le jeune bûcheron retournait sur son chantier le lendemain. Il allait rendre visite à un cousin puis repasserait chez lui prendre des affaires et voir un peu plus sa famille. On ne lui dirait rien. Jimmy était certain que le père de Youri, pour d'autres raisons, ne dirait rien non plus à personne. Le docteur avait peur des Indiens. Il les percevait comme un tout organique, dangereux et craignait les représailles de ces derniers s'il s'aventurait à salir un des leurs. Pour son fils, c'était plus flou. Comment expliquer ce brusque départ ? Youri pensait que son père formulerait une sorte d'explication pour les quelques relations qu'il maintenait et qui, par politesse, l'interrogeraient sur ce que son fils devenait. *Quand on veut noyer son chien, on dit qu'il a la rage.* Youri l'imaginait répondre avec un sourire ambigu, *De même qu'il est apparu d'un coup, de même il a tout aussi subitement disparu.*

Jimmy et lui n'avaient pas reparlé de la nuit passée ensemble. Pour Jimmy, l'alcool était seul responsable. De toute façon, ça ne regardait qu'eux. Ça ne regardait personne d'autre. Ils ne devaient rien à personne. Le docteur qui servait de père à Youri s'était mêlé de ce qui ne le regardait pas.

Plus tard, ils avaient fumé des cigarettes en regardant le fil de l'horizon. Jimmy racontait que des poissons-chats de deux mètres habitaient les fonds encombrés du lac et qu'il en avait déjà vu un manger un oiseau un jour où il faisait vraiment très chaud.

Youri se souvient de son ami le serrant fraternellement dans ses bras avant de partir. Le souvenir de ce moment-là était particulièrement précis pour lui. Face au lac, Jimmy lui avait dit que c'était bien pour lui de retourner en ville. Que la forêt serait toujours trop dure pour un cosmonaute et que le docteur cachait une créature maléfique dont Youri était enfin débarrassé. Quelques larmes coulaient peut-être sur les joues de Youri. Avec la moto, Jimmy l'avait ensuite conduit jusque devant la petite maison de son cousin, d'où il lui avait indiqué longuement et le plus précisément possible comment rejoindre la ville par les petites routes. Le cousin de Jimmy était allé à leur rencontre et l'avait prévenu en souriant qu'il lui faudrait plusieurs heures pour y parvenir.

Le temps s'était encore assombri et Youri avait en effet dû rouler longtemps, en insistant sur la poignée droite de la moto pour pouvoir avancer. Le moteur peinait dans le relief inégal. Jimmy lui avait conseillé de couper vers l'ouest à travers la réserve faunique, parce que c'était plus simple et plus beau. Youri la traversait quand une pluie forte et froide s'était abattue sur lui. Il avait tenté de rouler un moment encore, mais la pluie ne se calmait pas, au contraire, et, avant qu'une rivière ne s'empare de sa moto, Youri s'était arrêté dans une halte.

Hormis l'employée de la petite cantine qui attendait que la pluie battante cesse pour pouvoir partir, le parking était désert. Youri avait mis sa moto dans le renfoncement d'un bâtiment étroit, partiellement abrité de la pluie et s'était acheté un sandwich. La femme de la cantine avait eu pitié du jeune homme trempé jusqu'aux os et lui avait offert un thé avec des biscuits. Parce que les toilettes étaient le seul endroit vraiment à l'abri, il s'y était installé avec ses affaires et la nourriture. À un moment, après avoir refermé la cantine, la femme avait démarré et Youri s'était retrouvé seul sur la halte à la nuit tombante.

La pluie tombait un peu moins fort. Épuisé, il s'était endormi sous les néons des toilettes, pelotonné dans son sac de couchage. Le moteur d'un camion l'avait réveillé plus tard. Il avait d'abord vu la lumière jaune du gyrophare dans la nuit sans lune, puis, à une vingtaine de mètres, deux hommes qui déchargeaient du pick-up une cage géante. Les hommes n'étaient pas restés longtemps. Ils avaient installé la cage et étaient remontés aussitôt à bord du camion dont le moteur tournait toujours. Youri restait caché. Et avait attendu le jour en guettant les bruits. Des bruits de feuillages, des bramements dans la forêt, les chants subtils et bizarres des oiseaux dès les premiers rayons. Au lever du jour, la cage se découvrait entièrement à la vue. Elle était encore vide. Une grande quantité de beurre d'arachides continuait d'être voluptueusement étalée à l'intérieur, ainsi que le contenu d'un pot de confiture aux fruits rouges. L'ours avait visiblement préféré avancer dans le secteur opposé. Youri s'était senti complice de l'animal. Encore aujourd'hui, il lui arrive parfois de repenser à lui. Il se demande si l'ours a pu continuer de choisir son territoire et s'il a réussi à éviter les pièges des agents de la faune. Il l'imagine parcourir de grandes distances, fouler les herbes hautes, écraser les ronces et les arbrisseaux, renverser les souches pourries pour manger les larves qui les habitent. Il l'imagine comme lui soumis à la force gravitationnelle de la Terre.

De la fenêtre, les troncs d'arbre silencieux rainurent toujours l'étendue neigeuse. Youri boit un deuxième café qui, espère-t-il, jettera un pont entre le monde extérieur présent et la remontée de ses souvenirs.

LES REFLETS BLEUS

Il neige quand Youri va chercher Julia à la station-service où s'arrêtent les autobus. Un camion bruyant épand des abrasifs sur la voie. Le chasse-neige est passé plus tôt et la neige continue de s'accumuler. L'autobus n'a aucun retard même si la visibilité est nulle sur les routes secondaires. La porte s'ouvre, effectue un mouvement mécanique contre le véhicule. Sur le parking de la station-service, les va-et-vient salissent la neige. Les voitures repartent les unes après les autres avec les passagers de l'autobus. Le dépanneur fortement éclairé donne un peu d'humanité à l'endroit. À travers la façade vitrée, on aperçoit le commis nettoyer la neige brunâtre dans l'entrée. Dehors, tout près de la porte, des sacs de sel et des contenants de plastique remplis de lave-glace sont empilés. Julia trouve Youri cerné. Il sourit, il est vraiment content qu'elle soit là. Elle n'est partie que quelques jours, mais c'était long ici dans la nuit envahissante de l'hiver. Le froid est mordant. Il la trouve très belle, porte son sac lourd, se dépêche de la faire entrer dans le pick-up chaud où il l'embrasse enfin. Ils se sont ennuyés l'un de l'autre.

Le parking de la station-service redevient une zone déserte quand l'autobus redémarre vers le prochain village.

La présence de Julia métamorphose la maison. Elle raconte la séance photo qu'elle a faite à Montréal, tout en faisant défiler quelques images à l'écran. Des femmes uniquement vêtues de tabliers de plomb grossiers. Il est un peu jaloux qu'elle puisse respirer à des centaines de kilomètres de lui mais il aime qu'elle le fasse, qu'elle prenne en photo ces créatures magnifiques. La séance a eu lieu dans un énorme bâtiment industriel. Youri a mis le repas à chauffer et tourne à présent autour de Julia un verre de vin à la main, il l'écoute raconter chaque chose. Il voudrait l'entraîner dans la chambre. Mais il continue de l'écouter, il aime l'écouter malgré le voile léger de la jalousie. Il aime tout d'elle. Il prend tout. Il devine à demi-mot chacune de ses paroles. Il aime sa voix. Sa manière de prononcer les mots. Les projecteurs chauffaient les peaux nues des jeunes femmes. Julia explique en riant le trouble qui s'était peu à peu emparé de l'équipe durant la séance photo et l'attitude légèrement incohérente des deux assistants, alors que Youri imagine la bouche de Julia embrasser la pointe des seins doux d'une des filles que Julia lui montre, et qu'il se retient de ne pas laisser ses pensées entraîner la bouche de Julia jusqu'au ventre de la fille, puis jusqu'à son sexe que ne cache plus le tablier de plomb qu'elle a déposé juste à côté. Malgré ses efforts, Youri parvient mal à abandonner la langue de Julia qui avance sur le sexe blond de la jeune femme fermant les yeux et ouvrant davantage les cuisses. Il embrasse Julia, insiste un peu, recule, se sert un autre verre, est obsédé par la peau de Julia et par sa bouche surtout, revient vers elle, glisse une main sous sa chemise, descend jusqu'aux hanches, l'attire plus près de lui. Julia n'oppose aucune résistance, elle s'avance même à présent, se presse contre lui dans la pénombre, descend, alors qu'il laisse couler dans sa gorge tout le vin très frais que contenait son verre et que l'effet de l'alcool ramène un instant deux jeunes femmes auprès de Julia, ivre et libre, dans les toilettes d'un club, comme elle le lui avait raconté des mois plus tôt. Maintenant, l'intense musique du club n'existe que dans la tête de Youri, comme la première inconnue à qui sourit Julia tout en détournant la tête, alors que la deuxième la maintient et se rapproche encore, et que le plaisir pour Youri s'engouffre dans un long couloir chaud qui prend forme du fond étroit des âges, s'élargit sur une vaste plateforme et passe du noir jusqu'à une lumière brutalement crue qui irradie.

Il est tard et ce temps dans la nuit n'appartient qu'à eux. À cette heure, ils sont plus calmes, le repas est sans doute trop cuit, mais ça n'a pas d'importance. La nourriture sent bon. Il l'embrasse un instant avant de s'asseoir. Ils ont recommencé à parler des derniers jours autour de la table. Avec son histoire de maison du rang des Épinettes, Youri se trouve ridicule. Peut-être parce que raconter est déjà difficile pour lui. Il se sait mauvais conteur. En même temps, il lui a toujours semblé que ce qui était trop bien raconté masquait de la superficialité, une forme de vide. Il aime un certain effort dans l'expression, une pénibilité de l'expression. Il est très près d'elle, s'attache à lui décrire le chantier forestier de Jimmy. Youri a hâte maintenant qu'elle voit la zone forestière en exploitation et le campement. Elle a soif et mange avec appétit. Il lui parle aussi de la maison de son père. Il lui raconte avoir espéré la découvrir écrasée sous un arbre abattu par la foudre et qu'au contraire, la maison semblait vivante. Des bêtes y habitent peut-être aujourd'hui. Youri parle du reflet lumineux aussi. Julia écoute attentivement. Elle demande si c'était un flash ou une luminescence. Il dit que c'était vraiment faible. Le contraire absolu d'un flash en vérité. Une lumière bleutée. Ils y retourneront ensemble et ce sera différent. Il dit que seul, il a pensé aux images des zones irradiées dans lesquelles les animaux retournent vivre. Les loups et les ours radioactifs. Il a eu peur. La peau de Julia dégage une chaleur rassurante. Il murmure qu'il était temps qu'elle revienne. Elle dit qu'elle a mal dormi loin de lui. Ils ont encore parlé un long moment d'une chose puis d'une autre, avant que la fatigue n'ait raison de Julia.

L'abondance de la neige tombée coupe les sons extérieurs, tandis que Julia s'endort profondément sous la couette. La neige immaculée a tout recouvert. On n'entend plus les sifflements du vent sur les angles de la maison. Étendu aux côtés de Julia, Youri ne dort pas. Il repense à un documentaire sur Tchernobyl qu'il a vu récemment. On y voit Igor Kostine, premier photographe présent sur les lieux, raconter qu'il avait pris part au nettoyage du toit du réacteur et que les hommes déplaçaient à mains nues des blocs de graphite hautement radioactifs. Kostine avait alors parlé de l'impression incroyable qu'il avait ressentie là-haut, l'impression de se retrouver dans un monde extraterrestre, sur une autre planète. Cette manière de parler est devenue un lieu commun, mais quand Kostine le dit à la caméra, quelque chose d'autre est formulé: la possibilité pour la Terre de retourner au cosmos. Avec, comme sur la Lune, des conditions insurmontables sans équipement pour l'espèce humaine. Un goût puissant de plomb dans la bouche en plus. La bouche de Julia n'a pas le goût du plomb. Il aurait envie de la réveiller, mais elle dort à poings fermés.

La première fois que Youri a rencontré Julia, un soleil très fort était resté sur la ville durant plusieurs jours, les bourgeons venaient d'éclore et, avec la chaleur et la lumière, les feuilles vert tendre grossissaient rapidement. À la télé, un météorologue avait parlé d'un rayonnement ultraviolet à l'intensité exceptionnelle. Une manifestation supplémentaire de l'hostilité de l'univers et de son indifférence à l'endroit de l'espèce humaine ou, à l'inverse, une tentative de l'espèce humaine pour retourner aux lois d'un univers dans lequel elle pouvait difficilement survivre.

Ce printemps-là, comme chaque printemps, partout dans la ville le soleil chauffait sans raison l'asphalte poussiéreux. Les gens à nouveau habitaient la rue. Les commerçants ouvraient les terrasses où les cafés, les bières et les sangrias étaient bus avec allégresse. Youri cherchait une place en terrasse pour boire un verre en finissant de lire le journal, quand il avait croisé un ancien étudiant d'anthropologie, légèrement éméché, assis à une table avec un homme et une femme. Elle avait immédiatement plu à Youri. Une brune fine à la peau foncée, avec de grands yeux clairs qui lui donnaient un regard à la fois mélancolique et canaille, c'est ce qu'il s'était dit. Pour elle, il avait accepté l'invitation de son ancien collègue de se joindre à eux. Julia lui avait servi de la sangria à partir du grand pichet presque vide et tiédi par le soleil, en souriant à son attention. Elle avait l'instant d'après repris la lecture qu'elle faisait à ses deux copains des annonces de rencontres d'un mensuel gratuit. La terrasse du bar était bruyante. Youri trouvait cela parfait et avait commandé le pichet suivant. Le soleil les chauffait et Julia avait fini par lui adresser la parole. Ce n'était pas une question. Elle avait affirmé quelque chose sur la musique. Ou sur la sangria. Ou peut-être même sur les deux choses à la fois. Elle tenait mieux l'alcool que ses deux amis visiblement, mais Youri devinait en elle la même fièvre printanière que celle qui s'était emparée de lui. Une énergie traversait toute la ville. À un moment, au cœur d'une conversation que les verres presque vides rendaient de plus en plus animée, il fut question d'autorité. L'ex-collègue de Youri affirmait qu'il était bon d'exercer une autorité sur les enfants. Lui, il serait sévère. Puis, il avait pris la conversation de biais, en disant avec un certain contentement, *Moi, je suis sûr que je serai très sévère.* Si Youri n'entendit pas ce que dit l'autre homme dans tout le brouhaha de la terrasse, il se souvient d'avoir entendu très distinctement Julia marteler d'une voix un peu trop forte, *Je ne te le souhaite pas. Personnellement, j'ai toujours été convaincue qu'il n'y avait que les ratés et les imbéciles pour croire aux vertus de l'autorité sur leurs enfants. La sévérité comme socle de l'éducation appartient à un temps pauvre pour l'intelligence.* Elle se tourna ensuite vers Youri, lui fit un clin d'œil, et se leva un peu maladroitement pour se diriger d'un pas incertain à l'intérieur du bar, en direction des toilettes. Sur la terrasse, l'homme qui se disait autoritaire expliqua en riant qu'elle était toujours agressive comme ça quand elle avait bu.

L'autre rit, puis parla d'un sujet complètement différent qui absorba aussitôt les deux hommes. Youri en avait alors profité pour emprunter à son tour le chemin des toilettes. L'intérieur du bar était désert. La grande salle ombreuse, vide de clients, contrastait fortement avec la terrasse couverte de soleil et bondée au-delà de sa capacité. Au comptoir, il avait griffonné son numéro sur un bout de papier et attendu que Julia ressorte pour lui dire qu'il voulait la revoir.

Repenser au temps de leur rencontre l'emplit de joie dans la nuit silencieuse. Elle vient de se retourner à côté de lui. Son souffle est régulier, elle dort comme une enfant. Un jour ou deux ou trois après sa première rencontre avec Julia, il a un autre souvenir d'elle dans lequel elle porte un tailleur pantalon noir et lui un jeans et une chemise à manches courtes bleu clair. Il se rappelle leurs vêtements, sa timidité et celle de Julia. D'abord il y avait eu sa voix au bout du fil. Un peu différente de la voix de son souvenir. Beaucoup plus belle encore. *Si tu veux me revoir, tu n'as qu'à venir me voir. Ça me ferait très plaisir.* Elle avait dit quelque chose comme ça. Dehors, le soleil continuait de briller et ils se parlaient dans le petit appartement sombre de Julia, un rez-de-chaussée aux fenêtres parées de grilles de fer forgé plutôt belles. À un moment, ils s'étaient embrassés debout. Puis, Youri ne sait plus très bien si c'était le même jour ou le lendemain de la première visite qu'il lui avait faite chez elle, il se souvient seulement que c'était tard dans la soirée, Julia l'avait amené voir les feux d'artifice sur la montagne. Là-bas, ils avaient assez vite abandonné la foule pour s'enfoncer à l'intérieur de l'ample forêt du parc. Tandis que les ruisseaux bruissaient dans un massif subitement dense, ils avaient emprunté un sentier dénué d'éclairage, de façon à décourager le plus possible les promeneurs de s'y engager la nuit. Le côté droit donnait momentanément sur un escarpement, puis sur un dénivelé moins marqué où, derrière un petit peuplement de conifères, il était certain d'avoir aperçu quelque chose bouger. Ils avaient marché ensuite jusqu'à un sentier plus étroit et plus noir encore, qui ne cessait dans le souvenir de Youri de conduire à un embranchement identique au précédent et l'image de la fractale lui était venue en tête. Puis, un embranchement à nouveau semblable au précédent les avait menés à une pierre géante sur laquelle Julia s'était adossée. À côté de la pierre, l'énorme tronc d'arbre couché accueillait sans doute des colonies entières d'insectes et de vers.

Dissimulée par la nuit et la masse minérale, Julia avait guidé en silence Youri contre elle et plus près encore. On entendait toujours l'explosion des feux et par moment des gerbes lumineuses colorées apparaissaient au-dessus de la pierre, entre les branches des arbres.

Ils avaient ri sans bruit après en réajustant leurs vêtements et s'étaient embrassés encore une fois avant de reprendre la marche.

Plus loin, Youri avait parlé de l'étymologie du mot *forêt*. Certains affirmaient que le mot venait de *fors* ou *forestis*, qui signifie *en dehors*. Il ne savait pas si c'était vrai, mais il aimait l'idée. De même, que *forêt* soit de la même famille que *fuera*, le mot espagnol pour dire *dehors*, le touchait. Même si ce dehors était particulièrement aménagé au mont Royal. Parler d'extérieur alors qu'il pensait surtout à l'intérieur du sexe de Julia l'avait fait sourire dans la nuit et le faisait sourire encore, tandis que, en prenant garde de ne pas glisser, il marchait sur les racines considérables qui sortaient de la terre foncée. Les racines permettaient d'éviter la boue que le soleil n'était pas encore parvenu à assécher en certains endroits. L'absence d'éclairage dissimulait les animaux mais aussi les ombres humaines discrètes qui se risquaient là. Plus tard, quand tous les feux d'artifice avaient été tirés, le parc était devenu plus sombre encore et plus silencieux. Dans son souvenir, même la rumeur de la ville paraissait s'être éloignée, comme si le souvenir de cette nuit-là se couplait à la nuit ici. Ses sensations et ses pensées deviennent peu à peu abstraites, il est près de dormir quand il revoit le point le plus haut vers l'est du mont Royal, là où elle lui avait raconté que pour l'aménagement de ce grand parc, en hauteur, des arbres de petite taille avaient systématiquement été plantés, de manière à faire paraître la colline plus élevée qu'elle ne l'était en réalité.

LE SIGNAL D'APPEL

Ils roulent depuis une heure sur le chemin forestier qui mène au campement. De la neige, des sapins et des épinettes sur un relief modéré. Le paysage est identique au paysage qu'a vu Youri la semaine dernière. Julia conduit le pick-up, tandis que Youri signale leur présence sur la route à l'aide de la radio CB. Elle a hâte de faire des images là-haut. Durant les jours d'hiver, le soleil reste très loin de la forêt boréale. Youri a le sentiment que, pendant la saison froide, l'atmosphère s'estompe et qu'ils sont entourés d'oxygène mêlé à de l'hélium et aux autres substances gazeuses de l'espace. La luminosité de la neige sans soleil donne quelque chose d'étrange, qui n'a rien de chaleureux, les chemins sont vides sur des centaines de kilomètres. De temps à autre, ils aperçoivent un animal.

Julia veut continuer de conduire quand Youri lui propose de la relayer. Elle est bien au volant. Elle aime la sensation de plénitude aux commandes de l'engin qui avance tout en douceur dans ces territoires cotonneux, d'un coton rempli d'éther.

Un chevreuil traverse la route au loin. Un autre est à leur hauteur quand ils l'aperçoivent, puis disparaît aussitôt dans le soleil couchant.

Au campement, partout les plinthes électriques activées par les puissantes génératrices à l'extérieur chauffent pour maintenir une température agréable. Youri est content de présenter Jimmy à Julia. À l'intérieur, l'électricité statique est dans tous les contacts. Dehors, pas très loin du campement, le travail continue. Jimmy les emmènera voir le chantier après manger. Quelques travailleurs assis aux tables de la cafétéria parlent avec eux. Ceux qui ont rencontré Youri la semaine dernière sont moins gênés. Ils ne savent pas trop ce qu'il fait avec ses questions et sa petite enregistreuse, mais chacun se mêle de ses affaires ici. Jimmy leur a raconté que, dans le rang, quand ils étaient plus jeunes, tous les enfants surnommaient Youri le cosmonaute. La cafétéria a été aménagée au centre du campement, à côté de la salle de télé. Elle est ouverte, bien que la nourriture ne soit pas prête encore. Les travailleurs sont contents de rencontrer Julia, ils l'appellent déjà entre eux Princesse Leia. Les hommes viennent au campement durant une dizaine de semaines consécutives et l'éloignement accentue encore l'excitation que suscite chez eux sa douceur. Ils savent heureusement se montrer discrets. Ils lui sourient timidement et personne dans le campement ne laisserait un homme être incorrect avec la jeune femme. Plus tard, en attendant le sommeil, certains s'imagineront servir une sévère correction à celui qui s'approcherait trop de Julia. Et ces rêveries prendront vite un tour érotique. Au milieu des coups de poing, de la sueur et du sang, la douceur de Julia, qu'ils s'imaginent effrayée par toute cette violence, leur tourne la tête. Dans les frigidaires, les coupes de poudings et de Jell-O sont bien rangées. Les employés de la cafétéria s'affairent. Ils remplissent de nourriture les grands compartiments amovibles en acier inoxydable. L'eau chaude dessous garde les aliments cuisinés à bonne température. Une odeur de viande en sauce emplit la pièce. Bientôt, ils seront prêts à servir les repas aux travailleurs qui ont faim. Certains attendent déjà en ligne, un plateau orangé à la main.

La manière de percevoir le temps s'est modifiée pour Youri au fil des ans. Une simultanéité bizarre habite désormais certains de ses souvenirs. S'il pense à son père comme il le fait en se laissant conduire par Jimmy vers le chantier, un éventail de moments à demi effacés s'ouvre dans le noir de sa tête. Ils avaient roulé tous les deux sur des chemins forestiers similaires, légèrement moins au nord. Le docteur plaçait toujours son siège le plus près possible du volant et conduisait la tête tendue vers le pare-brise. La position de conduite de son père demeure une énigme pour Youri.

Jimmy s'est arrêté à un point surélevé de la route. La machinerie lourde a entièrement éradiqué les épinettes noires qui obstruaient la pente devant. Des branchages et de la sciure sont mêlés à la neige. Jimmy explique pour Julia les grandes lignes du prélèvement qui se fait sur ce boisé en exploitation. Il a terminé le travail un peu plus tôt pour passer du temps avec eux. L'abattage nocturne est spectaculaire, il tenait à montrer ça à Julia. Youri lui a dit la semaine dernière qu'il était certain que ça l'intéresserait. Ils ne peuvent s'approcher trop près cependant, les hommes à bord des machines ont une visibilité réduite et les engins qu'ils pilotent sont exagérément puissants. D'ici, Youri et Julia voient assez bien le mouvement de la débusqueuse plus bas. Sous les projecteurs qui éclairent les zones de coupe, la luminosité de la neige semble irréelle. On entend les compresseurs et les lames sur les troncs. Les travailleurs portent de gros écouteurs, des lunettes protectrices et des casques.

En revenant vers le campement, Jimmy a fait un détour jusqu'à un lac à la forme bizarre. La neige du chemin qui y mène a été damée par les habitants des quelques villages plus au nord. Durant les mois les plus froids, une route hivernale traverse le lac. Les conifères dessinent les contours tantôt étroits tantôt immenses de l'étendue d'eau gelée. Jimmy aime cet endroit quand le soleil est couché. Il y est venu beaucoup pendant la préparation de la saison. Avec quelques travailleurs, ils ont réparé le chemin forestier, construit des ponceaux et ouvert la route vers le chantier. Ils campaient ici durant les travaux dans la clairière qui regarde le lac. Depuis le matin où son père les avait chassés de la maison, Youri associe Jimmy aux lacs bizarres, aux ombilics glaciaires. Certains d'entre eux étaient étonnamment profonds et dans les rares communautés qui s'entêtaient depuis plusieurs siècles à vivre sur ces étendues, il était encore régulièrement question de très anciennes créatures qui habitaient toujours le fond de ces ombilics.

Ici, les étoiles en abondance brillent intensément et le nom de Voie lactée pour décrire cette lumière scintillante blanchâtre qui éclabousse le noir profond a tout son sens. C'est une étrange façon d'habiter le paysage : la route hivernale, le ciel et eux qui sont sortis un moment du camion dans le froid polaire. Et puis rien d'autre à l'intérieur d'un périmètre important, que des animaux invisibles qui ne souffrent pas des températures dangereusement froides. Jimmy raconte que l'été le bruit des débroussailleuses et le bruit des insectes se confondent. Il sourit et dessine avec des gestes un nuage composé de milliards d'insectes qui bourdonnent sans arrêt autour des travailleurs qui se couvrent, s'enduisent de produits puissants, et se couchent néanmoins le soir avec les morsures des mouches qui leur brûlent la peau.

Youri veut savoir si, de manière générale, on pense davantage à l'espace, ici, dans la forêt, et si la probabilité d'une vie hors de la Terre intéresse les travailleurs forestiers sur les chantiers. La dernière fois qu'il est venu, Jimmy, sans non plus s'étendre sur le comment et le pourquoi, a pris un peu de temps pour expliquer à un groupe de travailleurs que Youri faisait de la recherche en anthropologie de la forêt et qu'il avait besoin qu'ils répondent à ses questions pour faire avancer sa recherche. Ils avaient accepté de se prêter au jeu et Youri s'était permis de les interroger assez longuement. Ce soir, Youri continue, mais plus brièvement. Cette fois, les questions tournent toutes autour du lien de ces territoires sauvages avec le cosmos. Youri a pour sa part toujours eu l'impression que la Voie lactée était vraiment plus près des forêts nordiques que de New York ou Rome. En même temps qu'il trouve absurde de ressentir cela à la manière d'une vérité. Comme si les territoires non organisés pouvaient mener plus directement à l'espace. La ressemblance entre le vide de ces endroits et ce qu'il connaît des planètes du système solaire crée l'illusion. Que toutes les régions de la Terre se meuvent à parts égales dans la Galaxie demeure difficile à ressentir.

Les travailleurs ont tour à tour exposé leur manière de percevoir le lien entre le territoire forestier et leur manière de se représenter l'univers. Youri est content des enregistrements qu'il vient de faire d'eux. Il les a chaudement remerciés avant de rejoindre Jimmy et Julia dans la salle de télévision. Des chaises empilées forment deux colonnes au fond de la pièce. Quelques hommes près de l'écran le saluent sobrement de la tête. Le vent paraît avoir faibli. Il soufflera à nouveau demain. On annonce des vents violents pour la matinée. Le campement demeure toujours attentif à la météo, le froid reste menaçant. À l'entrée du campement, un tableau détaille le sablage des chemins forestiers. Un autre informe sur la durée des temps de travail en extérieur suivant la force des vents. Jimmy et ses hôtes sont assis un peu à l'écart des travailleurs qui commentent ce qu'ils viennent de voir au téléjournal. Une météorite est tombée un peu plus tôt à proximité de Tcheliabinsk. Des gens ont filmé avec leur téléphone la spectaculaire pluie lumineuse qu'a entraînée son entrée dans l'atmosphère. La nouvelle est fascinante. Les hommes du camp ont cependant rapidement entamé d'autres sujets et Youri a cessé de les écouter maintenant que Jimmy s'amuse à décrire les dix-sept ans de son ami pour Julia qui le questionne. Youri lui a raconté beaucoup de choses, sa proximité avec Jimmy, mais ce n'est pas pareil. Elle aime entendre cette autre perspective, voir d'un autre angle, même si elle s'avance à la lisière des territoires de la jalousie qu'elle s'efforce d'esquiver, tout en souriant à Jimmy qui parle de la petite moto de Youri et de son casque dans les sentiers. Il dit combien les gens le trouvaient bizarre. Moins quand même que le docteur. Jimmy, lui, se sentait attiré par ce voisin si différent, il l'avait vu plusieurs fois rouler sans saluer personne, visière baissée, aller et venir dans le rang et les sentiers. Youri sourit d'entendre ce portrait ancien de lui. Les deux hommes échangent un regard, mais durant un instant c'est l'adolescent à peine plus vieux que lui qu'il voit. Jimmy s'applique à répondre pendant un temps assez long aux questions de Julia, puis l'interroge à son tour sur l'adolescence, sur le début de l'âge adulte, en posant des yeux profonds sur son beau visage. Ils ont parlé du passé durant une heure ou deux dans la salle de télé surchauffée et se sont sentis légèrement engourdis en allant se coucher.

Que la vie éveillée, consciente, doive jour après jour être interrompue par le sommeil reste troublant. Cette nuit, Youri a rêvé d'un homme que son père connaissait. Dépassant la maison du docteur, de l'autre côté de la rivière, Youri retournait seul rendre visite à l'homme aux chiens. Il avançait d'un pas onirique dans la forêt, jusqu'à la cabane de l'homme aux chiens où il était entré en silence. À l'intérieur, couché sur le sol, l'homme que connaissait son père grelottait nu près d'une gamelle dans laquelle l'eau avait gelé, tandis que plusieurs énormes chiens dormaient sur le matelas, collés les uns contre les autres. La brillance du pelage des bêtes était saisissante.

Penser qu'il est très dangereux de surprendre des chiens quand ils dorment a réveillé Youri – les gueules des chiens qui auraient subitement aboyé, puis mordu, sont tout près. Il ouvre les yeux dans le campement insonore et noir. À l'intérieur de l'aile où ils sont seuls, Julia dort paisiblement. L'absence de bruit au milieu de la nuit l'oppresse. Mais la cafétéria ouvrira bientôt pour le retour des équipes de nuit. Il pense à l'expression *broyer du noir*. L'épaisseur de l'obscurité isole sa respiration rapide, la comprime contre sa cage thoracique.

Assis à une table de la cafétéria, il respire à nouveau normalement. Une équipe vient d'arriver et s'installe à la table d'à côté. Il y a de la viande au menu dans une sauce foncée, épaissie à la fécule de maïs. Les travailleurs plaisantent bruyamment. Ils ont passé la nuit dehors dans les cabines des engins forestiers. Ils ont faim et soif. Youri aime les entendre, leurs voix éloignent la cabane de l'homme aux chiens. Il fait bon ici. Entre les saucisses à déjeuner et les viandes en sauce, l'odeur est apaisante. D'autres travailleurs passent près de lui avec leurs plateaux déjà vides et le saluent. Youri ne les entend pas tout à fait, mais il sourit. L'un d'eux lui tape affectueusement sur l'épaule. Ils vont regarder la télé avant de se coucher. Le crépuscule a commencé à poindre. Dans une heure, le jour sera là. Il sourit toujours et les salue de la main à présent. Le territoire est vide. Avec l'hiver, les plans d'eau se sont changés en glace et la machinerie lourde emprunte leur surface. Il aime ces campements qui seront démontés au bout de quelques années, un peu plus parfois. Il aime que l'envoi de colons n'ait jamais été possible ici. Il aime l'indifférence de la matière lignée. La puissance de la neige. Et la cafétéria du campement.

Julia n'est pas tout à fait réveillée en s'asseyant en face de lui. La luminosité grandit à l'est, derrière les conifères. Elle demande à Youri s'il a bien dormi, elle trouve qu'il a les traits tirés. Il raconte son rêve. Et le pelage des chiens. Il est content qu'elle soit là avec lui. Elle le réconforte. Il ne voulait pas la réveiller, Julia dit qu'elle avait mis de toute façon la sonnerie, elle veut arriver tôt sur le site. Le soleil doit être bas dans l'horizon pour les images qu'elle a en tête. Elle prendra le trépied. Elle veut photographier avec un grand angle le fil de l'horizon barbelé par les résineux. Elle tient à retourner seule sur le lac que Jimmy leur a montré hier. Mais avant, Julia aimerait manger.

Elle est affamée. Et au fond, Youri aussi. Les œufs brouillés, le bacon et les pommes de terre iraient bien avec un gin-tonic. Il chasse l'alcool de ses pensées et embrasse Julia. Il l'aurait volontiers accompagnée si elle l'avait souhaité, il se contentera de regarder sur son ordinateur un documentaire qu'il se promet de voir depuis longtemps pour le livre qu'il veut écrire sur la forêt.

Le documentaire raconte les entraînements spéciaux des cosmonautes dans la taïga. Ils apprennent là à survivre dans des températures qui avoisinent régulièrement les -50 °C. Si la fusée effectue une descente balistique dans ces contrées reculées et difficiles d'accès, les cosmonautes doivent être en mesure de survivre le temps que les équipes de secours arrivent. Youri se demande si sur Mars on peut encore parler de nature. La force historique d'une idée lui paraît subitement vraiment bien illustrée par cela. Il a dans sa tête malgré lui l'idée d'une nature douce, généreuse et les pessières noires des territoires ici n'ont jamais coïncidé avec cette idée. Pourquoi envoyer des cosmonautes s'entraîner dans la taïga ? Pour les habituer à survivre dans des conditions difficiles, dit la voix off, mais Youri est persuadé que c'est parce que la taïga est plus près que tous les autres paysages terrestres de ce que l'on trouve hors de la Terre. Youri en a la conviction : des espaces hors d'échelle, en apparence vides et dominés par des conditions extrêmes pour le cosmonaute qui, paradoxalement, doit en plus supporter le confinement avec ses congénères dans des engins médiocres et exigus qui leur permettent de survivre. Pour lui, que la toundra, puis la taïga soient les premiers couverts végétaux après la glaciation fonctionne comme une preuve de la proximité des grandes forêts du Nord avec les planètes telluriques.

Comme Julia face au lac étrange, les hommes sont seuls le plus souvent sur leur parcelle pendant les heures de travail. Elle devrait revenir bientôt. Jimmy n'est pas non plus au campement, il est parti rapidement tout à l'heure régler une urgence sur le site de coupe. Avec Jimmy, il n'y a pas la même richesse du langage secret que celui, intime, qu'il partage avec Julia, il n'empêche, leur manière de se comprendre à demi-mot depuis toujours lui plaît. Comme avec Julia, c'est un langage qui n'est pas brouillé par les interférences.

Dans le campement quasi désert hormis les équipes de nuit qui dorment, Youri note quelques phrases pour le premier chapitre de son essai. Elles tournent toutes autour du déroulement du temps. Il avait cru pourtant que la mélancolie n'entrait pas dans la composition de ces territoires. Récemment, il a lu un livre sur une famille vivant isolée dans la taïga sibérienne pendant plusieurs décennies. Le père et ses quatre enfants suivaient encore le calendrier julien. Garder le compte des jours loin de toute civilisation n'avait pu se faire qu'au prix d'un travail opiniâtre.

Ils ont serré Jimmy dans leurs bras avant de quitter le campement. La nuit qui tombe est plus forte que les 15 h 13 affichées sur le tableau de bord du pick-up. Jimmy leur dit de rouler très doucement et de faire attention aux rares camions qui pourraient emprunter la route. Aussi, lorsque le soleil est couché, les orignaux sont nombreux sur les chemins de bois. La pessière noire inquiète pourtant davantage Youri. De petits arbres serrés les uns contre les autres. Plus près de l'insecte que du conifère. Des épinettes en essaim autour du campement qui dessinent une masse sombre dans laquelle son camion s'enfonce lentement. Un peu plus loin, le chemin s'élargit et repousse davantage la forêt. Julia fixe le bout du large faisceau des phares. Youri a toujours trouvé qu'il y avait une voie directe entre les pensées intérieures et le paysage qui défile en voiture. Est-ce que Youri Gagarine avait pu emprunter cette voie directe qui relie les pensées au paysage durant son tour de la terre en orbite? Sûrement pas. Sa mission était trop invraisemblable, trop déraisonnable. Face aux autres candidats, et parce que l'intérieur du Vostok-1 était de dimension très réduite, la petite taille de Gagarine avait favorisé sa sélection. Quant au joli minois de Gagarine, il avait joué davantage encore en sa faveur que sa taille. Julia ferme les yeux de temps à autre. Un groupe de chevreuils forcent Youri à ralentir encore. Les bêtes se dispersent devant le pick-up qui avance. Elles bondissent, non pas d'effroi, davantage comme si leurs corps magiques étaient sommés par une instance sylvestre d'effectuer ce ballet de la fuite. Plus jeune, il avait tout lu sur le cosmonaute. Ce qu'avait mangé ce dernier en orbite. Dont la gelée de cassis. Il avait mémorisé les spécifications de l'engin, le Vostok-1, sa vitesse. L'heure du décollage. Gagarine était le premier à être monté si haut, à être allé si loin. Dans l'habitacle feutré de son pick-up, Youri essaie d'imaginer ce que ressentait le cosmonaute devant les matériaux de la machine. Avait-il une impression futuriste? Un demi-siècle après son voyage en orbite, le Vostok-1 ressemble à un vieux chaudron de fonte, il en avait déjà vu un dans un musée. Youri cherche à faire voler en éclat le mirage du temps présent le long de cette perception, il tente de se défaire de l'illusion moderniste de son puissant pick-up qui glisse sur la route et dont les phares balaient avec méthode tout le noir de la nuit. Il essaie de voir en son véhicule une machine vieillie, n'y arrive pas et pense de nouveau à Gagarine. À la gelée de cassis et aux femmes. Dans plusieurs livres, il a lu l'épisode des graves blessures à la tête que Gagarine avait subies en sautant d'une fenêtre, pour éviter d'être surpris par sa femme *en galante compagnie.* À la suite de cet accident, il avait souffert de violents maux de tête. Mais la vodka remédiait à cela comme au reste. Après son retour sur Terre, Gagarine s'était en effet mis à boire et à trousser le plus de jupons possible. Et Youri se dit que les rumeurs quant au goût forcené du cosmonaute pour l'alcool doivent être prises au sérieux étant donné la tolérance beaucoup plus élevée que l'on porte traditionnellement à la consommation de boissons alcooliques en Russie. Gagarine buvait toute la journée et multipliait les rencontres clandestines. Est-ce que ces saillies étaient intéressantes ? Youri en chorégraphie quelques-unes dans sa tête et ralentit encore, alors qu'un camion-remorque s'annonce sur le CB. Julia sursaute quand le poids lourd passe bruyamment en direction opposée du pick-up. Elle se tourne vers Youri, lui sourit, et referme ses paupières. Gagarine était mort dans des circonstances obscures. Avait-il été empoisonné? Avait-on saboté l'avion de chasse à bord duquel il prenait place le 27 mars 1968? L'ivrognerie avait-elle conduit le cosmonaute à commettre une erreur de pilotage? Avait-il bu des quantités inimaginables d'alcool la veille, tout en passant la nuit avec une femme en pâmoison? Ou encore dans une cave entouré de deux ou trois marins habitués à naviguer en eaux profondes? Youri avait reçu ce prénom russe en l'honneur du cosmonaute et depuis toujours il pensait régulièrement à lui. Sa mère aimait passionnément Gagarine, par delà le bloc soviétique et tout ce qui se disait du communisme. Elle aimait la jeunesse de son sourire. La promesse de son regard pétillant. Lui avait vu ce que tous voulaient voir. Pour son fils Youri, le rapport au cosmonaute était une identification classique: l'athlétisme du héros, son sourire, sa franchise éclatante le fascinaient. En vieillissant, Youri avait appris à connaître la part d'ombre de Gagarine et à l'aimer. S'il aime toujours ces biographies enfantines jaunies consacrées à l'icône de l'espace, il aime encore plus les documents froidement factuels, souvent cruels pour le cosmonaute. Après la chute du bloc de l'Est, les langues s'étaient déliées. Qu'importe, Gagarine demeurerait pour toujours celui qui avait effectué le premier tour de la Terre en orbite. Celui pour qui un jour des centaines de millions de Terriens avaient retenu leur souffle. Celui aussi qui, au terme de son voyage en orbite, déclarait candidement que Dieu n'existait pas puisqu'il ne l'avait pas croisé! Youri sourit à la nuit claire, les deux mains abandonnées sur le volant agréable du pick-up. Un lièvre traverse la route. Gagarine avait dû s'éjecter en parachute du Vostok-1. Rien ne s'était déroulé comme prévu. D'ailleurs, rien n'avait été prévu avec sérieux pour le retour sur Terre du cosmonaute. L'entrée du Vostok-1 dans l'atmosphère tenait de la catastrophe, la capsule avait violemment tourné sur elle-même durant dix minutes, jusqu'à ce que l'appareil de descente se sépare enfin du corps du vaisseau. À ce moment-là, le revêtement de la capsule avait pris feu. Les flammes léchaient les bords du hublot quand Gagarine avait été éjecté de l'engin. La suite est incroyable : un de ses parachutes ne s'ouvrait pas et le vent en plus d'un banc de nuages s'étaient trouvés là et l'avaient ouvert, tandis que le cosmonaute continuait sa descente à 7 000 mètres du sol. Gagarine avait atterri avec l'aide de ses parachutes, mais on avait fait croire au monde entier qu'il était resté à bord de l'astronef. Or, l'atterrissage du Vostok-1 n'avait jamais été pensé, l'engin tombait simplement et le choc au sol aurait tué n'importe quel passager.

Au loin dans le rétroviseur, les phares du camion qui vient de s'annoncer dans le CB apparaissent. Le signal d'appel du Vostok-1 était кедр, *cedr* en alphabet latin, qui signifie *pin de Sibérie*. Le camion, lourdement chargé de billes de bois, dépasse à présent le pick-up que Youri a immobilisé sur la droite. Julia ouvre de nouveau les yeux. Les conifères sont les uns contre les autres le long de la route, on ne voit pas de clairières. Seuls les rivières et les ruisseaux ouvrent des brèches dans la forêt. Julia ne connait pas ce territoire. Elle se demande à quoi il ressemble l'été. Youri, lui, était venu une seule fois l'été pas très loin d'ici, avec son père. Il garde le souvenir des conifères et des mouches qui rendent le territoire sombre même en plein jour. Mais l'hiver est encore là et cette nuit la route est belle, la forêt calme, et il aime que le territoire soit non organisé. Julia s'est rendormie. Des maisons en aluminium apparaîtront bientôt le long de la route.

LA MONTAGNE

Le père de Youri aimait sa chienne. Fidel nageait dans la neige. Ses très larges pattes et son corps puissant lui permettaient d'avancer dans la neige dense. Elle se jetait à l'eau, même l'hiver. N'avait jamais froid. Le père adorait sa chienne. Il ne lui parlait pas autrement que par phrases brèves, quelques commandements, pour lesquels il prenait une voix légèrement plus grave qu'à l'habitude. *Viens ici! Va chercher!* Cette manière de contact lui plaisait et la chienne était très obéissante et soumise comme la plupart des grands chiens. Il aimait partir dans la montagne avec Fidel. Il en profitait généralement pour rendre visite à l'ermite en haut de la montagne et chantonnait en montant. Il avait une préférence pour *Que linda es Cuba*, le Commandante y est évoqué. Il chantait en improvisant un trémolo qui lui mettait les larmes aux yeux, *Un Fidel que vibra en la montaña* / *Un rubi cinca franjas y una estrella,* tandis que la chienne bondissait, enfouissait son museau profondément sous la neige, pourchassait une perdrix, plus par jeu que pour l'attraper vraiment. Fidel n'aurait su que faire d'un oiseau dans sa gueule. Et puis elle était très bien traitée et bien nourrie. Le père de Youri contemplait cette infinie farandole de Fidel tout l'hiver. Sa façon de s'élancer, de garder haut son arrière-train, tandis qu'elle enfonçait son museau profondément dans la neige. Elle en ressortait la tête toute blanche et s'inquiétait de ne plus voir son maître. Quand elle l'apercevait enfin, elle courait vers lui, enjouée, en aboyant de sa très grosse voix, lui donnait un grand coup de langue, puis repartait, en bondissant encore, vers d'autres proies invisibles.

Un matin, après deux jours de blizzard et de neige durant lesquels le monde extérieur était resté impraticable, le docteur avait profité d'une accalmie dans un hiver dur pour aller rendre visite à l'homme aux chiens. C'était une journée incroyablement lumineuse, avec une neige épaisse au sol que les vents avaient façonnée de curieuse façon. Un paysage silencieux. Et vierge. La violence de la tempête des deux derniers jours était redevenue inimaginable ce matin-là. Les larges courbes de la neige bleutée, qui se terminaient en crêtes sur certains angles et dont le soleil de février faisait fondre, en surface, les flocons ciselés, recouvraient abondamment les ruisseaux qui allaient se jeter dans la rivière, plus bas.

Fidel s'était comme toujours arrêtée longuement à un ruisseau qui serpentait sous la neige. Elle aimait grimper dans la montagne avec son maître. Traverser ces endroits envahis par les arbres escorté d'une si grosse bête rassurait le docteur. Fidel lui évitait aussi de s'égarer et, quand elle partait trop longtemps à la poursuite de quelque chose, il avait toujours un moment d'inquiétude au milieu de la forêt, mais la chienne revenait rapidement. Elle aussi était un peu peureuse. Arrivé à proximité de la cabane de l'homme aux chiens, le père de Youri avait peut-être appelé comme il le faisait toujours, *Ohé! Ohé!*, pour ne pas surprendre les chiens féroces de l'homme. Les bêtes le connaissaient et elles reconnaissaient Fidel, le docteur ne quittait cependant pas sa méfiance et jetait habituellement un *Viens ici!* à sa chienne, de façon à ce qu'ils fassent leur entrée ensemble.

L'homme aux chiens se demandait sans doute pourquoi le docteur lui rendait souvent visite. Il passait régulièrement, mais au moins ne restait pas longtemps. Dans l'étroite cabane, les chiens étaient très présents et se serraient contre les deux hommes pour se rapprocher de l'odeur quand le docteur avait du gibier avec lui. Le plus gros, le chef, grognait de temps à autre. Les beaux morceaux de viande que le père de Youri amenait là-haut amadouaient l'ermite. Des côtes levées et des gigots de chevreuil, d'orignal. Quand le docteur partait, l'homme faisait cuire la viande à laquelle il ajoutait du riz dans un chaudron rarement lavé. Pour ses chiens, il était toujours content qu'on lui amène de la viande. D'autant que, à ce qu'il disait, il chassait beaucoup moins, se contentant de la trappe. De son côté, le docteur cultivait le mystère et aimait laisser entendre qu'il chassait régulièrement. La vérité était que la mère de Jimmy réservait toujours pour le docteur, qui se rendait disponible pour soigner sa famille, une fraction du fruit de leur chassé. Du bon voisinage.

Alors que le père de Youri ne s'intéressait pas aux autres et entretenait un genre de décalage constant et d'ironie avec tous, il arborait un air particulièrement bonhomme auprès de l'ermite, dont certains vieillards du village disaient qu'il avait été vétérinaire plus jeune. Une fois, le docteur s'était permis de lui demander si c'était vrai et l'homme aux chiens avait répondu à la question par une phrase incompréhensible, un bruit animal davantage qu'une prononciation humaine. Devant l'air fermé de l'ermite, le père de Youri n'avait pas insisté. Il avait même rapidement parlé d'autre chose. L'homme exerçait sur le docteur une profonde fascination, lui déplaire était ce qu'il voulait le moins.

Durant ses visites, soit le docteur s'asseyait sur la chaise en fer, soit il restait debout près du poêle éteint, l'homme ne déployait pas d'effort particulier pour lui parler. Quand le docteur lui demandait si ça allait la santé, il faisait oui de la tête ou montrait le kyste géant qu'il avait au cou. Puis, à son tour l'ermite ne manquait jamais de demander, *Comment ça va ton grand garçon?* Les quelques fois où Youri avait été là, l'homme avait demandé directement, *Comment ça va le grand garçon?* Bien sûr, aucune conversation ne pouvait s'engager dans cette cabane étrange, dissimulée par les arbres, et dont les murs, mise à part une petite ouverture, étaient aveugles. Les échanges verbaux dans la cabane se limitaient à quelques mots. L'homme s'était soustrait à la civilisation et aux convenances qui suscitent plaisir et colère au profit d'une forme de vide.

Youri avait beaucoup pensé à l'attitude de son père là-haut. Il avait d'abord été persuadé que le léger sourire en coin de son père et ses manières empruntées quand il était auprès de l'homme aux chiens signifiaient le mépris. Un jour pourtant, l'admiration et la timidité que son père ressentait face à l'homme lui étaient apparues. Sa barbe fournie, et chaque mois plus longue, pouvait être trompeuse. Les poils dissimulaient le jeune homme peu sûr de lui qui continuait de vivre dans le cœur du docteur, ils lui prêtaient l'animalité qu'il enviait tant à l'ermite.

Ce jour de février n'avait sûrement pas été une visite particulièrement différente des autres. Dans la cabane, Fidel, réfugiée sous la petite table où son maître lui ordonnait de se coucher, avait dû attendre la queue entre les jambes de repartir de là. L'homme était peut-être venu passer sa main calleuse sur la fourrure noire de la chienne, avant d'allumer le poêle froid. Aux quatre coins de la pièce et sous la petite table autour de Fidel, les moutons de poils étaient toujours abondants. La cabane donnait l'impression d'une tanière animale. Ce n'était pas un intérieur humain. À part l'ermite dans sa cabane et quelques autres marginaux disséminés sur le territoire, plus personne ne vivait dans un tel froid aujourd'hui. À un moment, il est probable que les chiens se soient élancés en aboyant comme s'ils avaient entendu quelque chose. Le docteur s'était alors peut-être levé pour jeter un œil à partir de l'unique ouverture de la cabane. À travers le plastique, il n'avait vu personne, tandis que l'homme demandait aux chiens de se taire. Et, il est possible qu'ils aient continué encore un peu d'aboyer, à tour de rôle, alors que Fidel grognait toujours.

À un moment, le docteur avait dû refermer son manteau, puis saluer l'homme aux chiens d'un étrange geste se voulant sobre et viril, en marmottant entre ses dents une expression un peu vieillie apprise quinze ans plus tôt au cinéma ou avec des étrangers : *Salut bien !* Fidel, frémissante, le museau sur la porte, attendait qu'on lui ouvre pour s'élancer. Dehors, il paraissait faire plus chaud que dans la cabane. Le soleil de février gagnait en puissance. De là, la cime des arbres dénudée se confondait avec une mousse brunâtre en contrebas. L'air était sec et ils avaient redescendu d'un pas rapide la montagne. Le docteur avançait en sens inverse de ses propres traces. Quant à Fidel, elle continuait de marcher devant, de danser, d'enfoncer son museau et de fouiller le paysage. La maison n'était plus très loin quand elle s'était arrêtée un instant, oreilles dressées, reniflant l'air. L'instant d'après, une détonation avait retenti dans la forêt.

Du sang avait été projeté sur la neige et la chienne s'était effondrée sur le côté, griffant l'air durant quelques secondes, avant de s'immobiliser pour de bon. À couvert, le docteur avait guetté du mouvement sur son flanc visible. La bête ne respirait plus. Il s'était approché prudemment l'instant d'après, en se cachant derrière les arbres, jusqu'à être suffisamment près pour bien voir la gueule de l'animal inerte de laquelle le sang avait jailli, de même que la langue d'une certaine façon, dont l'extrémité sortait anormalement entre les crocs. Dans le silence revenu sur la montagne, le docteur, épouvanté, était reparti en courant vers la maison. Il ne pouvait ignorer que des hommes venaient armés dans la montagne. Pour chasser. Des hommes durs qui l'effrayaient. Mais l'hiver, personne ne chassait. Les chevreuils étaient maigres, les lièvres aussi et les ours hibernaient. En courant le plus vite possible, le docteur avait trébuché dans un trou d'eau dissimulé par la neige, s'était heurté les jambes contre les pierres dans l'eau glacée, avait poursuivi sa course à quatre pattes, puis debout, malhabile, désarticulé.

Chez lui, hors d'haleine et dévasté par la mort de Fidel, plus belle que tout et si douce, il s'était effondré un moment, avait pleuré, avant de se ressaisir, avant de mettre des vêtements secs et de glisser surtout le pistolet semi-automatique dans la poche de sa veste militaire qu'il ne mettait plus depuis longtemps. Dans le miroir de sa chambre, il avait toisé du regard son reflet dur habillé de kaki et armé, avant de sortir demander de l'aide aux voisins pour ramener le corps de Fidel.

Munis d'un traîneau et d'une couverture, les voisins étaient retournés avec lui de l'autre côté de la rivière, d'où ils avaient grimpé le flanc de la montagne sur quelques centaines de mètres. Le docteur marchait devant avec le beau-père de Diana, sa main palpait la crosse du pistolet dans sa poche. Il transpirait abondamment. Diana pleurait beaucoup. Le beau-père disait, *C'est des choses qui arrivent, la chienne a sûrement pas souffert.* Arrivés cependant à l'endroit où Fidel avait été mortellement atteinte, quelque chose d'étrange les attendait : le corps n'était plus là. Il restait encore le sang qui avait coulé trop profondément dans la neige, mais quelqu'un avait enlevé le corps, effacé les pistes et ôté le plus possible la neige souillée.

À l'aide d'un bâton, le mot *sorry* avait été tracé dans la neige, juste à côté, bien visible. *Tu vois, c'est ce que je te disais, des chasseurs ont pris ton terre-neuve pour un ours*, le beau-père de Diana avait dit quelque chose du genre au docteur. Et il lui avait expliqué que durant les très belles journées comme aujourd'hui, où l'hiver donne un avant-goût de printemps, des ours sortent parfois de leur tanière. *C'est des choses qui arrivent*, avait dû dire encore le beau-père de Diana. Furieux et inquiet, le docteur promenait son regard tout autour. S'il avait alors sans doute rêvé de sortir le pistolet pour tirer au hasard, l'arme était néanmoins restée dans sa poche.

Le petit groupe ne s'était pas attardé sur les lieux après avoir constaté la disparition de la chienne. Explorer l'entièreté de la montagne à la recherche de la dépouille de Fidel aurait été un non-sens. En redescendant, le voisin avait continué en disant, *C'est vrai que c'est un peu spécial qu'ils aient pris le corps, mais ils devaient pas vouloir laisser trop de traces. Les gars qui traînent dans la forêt l'hiver avec leur carabine, c'est pas nécessairement des mauvais gars, ils ont leurs raisons d'avoir pas le goût qu'on s'intéresse trop à eux.* À cet instant, le docteur avait dû profondément haïr son voisin. L'air rempli d'assurance qu'il se permettait d'arborer surtout.

LA GRANDE OURSE

C'était il y a longtemps, mais Diana se souvient avec netteté de redescendre de la montagne en tirant la corde du traîneau vide dans lequel la couverture toujours pliée n'avait pas bougé. Avec ses chaises capitonnées et sa nappe molletonnée, le restaurant où mangent Julia, Youri et elle, affiche ses ambitions. La taille des verres à pied est démesurée. Julia est contente que Diana ait accepté l'invitation. Elles avaient fait connaissance au centre commercial. Sans la présence de sa famille, Diana était beaucoup moins farouche. Ils discutaient tous les trois devant les vitrines des grandes enseignes du centre d'achat où ils s'étaient rencontrés par hasard et Julia avait proposé à Diana de venir manger avec eux un soir prochain au restaurant du lac Transparent.

Dehors, le parking continue de se remplir. Une dizaine de motoneiges l'occupent. Leur fuselage rappelle la carapace d'un insecte futuriste. Les voitures sont plus nombreuses. Des 4x4 et des pick-up surtout. Pour parvenir à l'auberge, il faut à un moment quitter la route et emprunter durant une dizaine de minutes un chemin étroit qui monte, redescend légèrement, traverse la rivière aux Bouleaux avant de tourner, puis de redescendre jusqu'au lac Transparent. Un an ou deux avant la construction de l'auberge, alors que le changement de zonage n'était pas encore entériné, c'est Youri qui avait défriché une première partie du site. Ce soir, il n'est plus certain de reconnaître les lieux. Tout a tellement changé. Dès son ouverture, l'auberge du lac Transparent était rapidement devenue un établissement de premier plan dans la région.

Les gens entrent en groupe et portent avec eux le froid de l'hiver. Ils se pressent les uns contre les autres devant la serveuse en attendant leur place. L'auberge propose cet excédent de confort qui incarne le luxe des adresses prisées en région. Un confort qui passe souvent avant la qualité de la table, même si un effort est fait pour la nourriture à l'auberge du lac Transparent. Dans l'opulente cheminée, un grand feu brûle. Aux fenêtres, des embrasses mordorées retiennent des tentures épaisses.

Youri et Diana n'avaient jamais parlé ensemble de la mort de Fidel. D'ailleurs, ils n'avaient jamais vraiment parlé de quoi que ce soit. Youri se demande comment elle trouvait le docteur. Il n'ose pas le lui demander. La musique de fond est un équivalent sonore de la décoration de l'établissement. Diana ne sait pas tout à fait comment aborder son entrée exagérément complexe. Elle copie leur manière de faire. Le cosmonaute n'a pas l'air de remarquer qu'il mange. Julia pose des questions et paraît avoir oublié que ce qui est dans son assiette est comestible. Ils sont au début de la soirée, mais avec l'apéritif, Diana a un peu la tête qui tourne. La serveuse leur demande sans arrêt si c'est à leur goût. Manger suspend le léger étourdissement de Diana. Elle boit en continu le grand verre d'eau glacée que la serveuse ne cesse de venir remplir. Les glaçons tintent du pichet au verre, la nourriture lui paraît savoureuse. Diana est pleine d'aplomb même si le confort appuyé de l'auberge la déroute. Elle est contente de parler de Fidel. Elle avait remarqué en tout cas que le docteur était devenu différent, encore plus froid, après la mort de sa chienne. Diana aimait beaucoup Fidel, elle allait régulièrement la chercher pour la faire courir dans la montagne. Fidel était comme une meilleure amie en mieux. Elle explique aussi comment après la disparition de la chienne, elle s'était mise à sentir des choses étranges. Pour s'endormir, elle fermait les yeux et avait l'impression de se rapprocher des planètes. Une expérience très forte et très pleine. Diana est émue subitement en racontant cela. Ses yeux sont remplis d'eau. Elle est certaine que ce qu'elle découvrirait ne la surprendrait pas si elle faisait un voyage intergalactique. L'impression d'être dans un noir infini, hors de la Terre, sans horizon, était vraiment forte, brutalement réelle.

Youri a envie de raconter maintenant la nuit où des gens avaient cogné à la porte de la maison du rang des Épinettes. Ses yeux réverbèrent l'éclairage tamisé. Il devait être deux ou trois heures du matin, l'automne, quand, au milieu des aboiements inquiets de Fidel, le docteur était allé voir avec la lampe propane d'une main et la carabine de l'autre qui venait ainsi dans la nuit. Tout en maintenant en joue un vieil homme et une femme plus jeune à travers l'entrebâillement de la porte protégée par une chaîne, il avait crié, *Qu'est-ce que vous voulez?* Il y avait un jeune enfant avec eux. Six ou sept ans peut-être. Le docteur n'avait pas baissé tout de suite le canon de son arme. Sur le pas de la porte, le vieil homme avait préalablement dû expliquer qu'ils s'étaient perdus dans la montagne en après-midi. Ils venaient de Montréal, ne connaissaient pas la région et avaient voulu faire une excursion dans la forêt. Tous les trois tremblaient de froid, ils paraissaient épuisés, soulagés néanmoins d'être parvenus à une maison. Percevant l'absence de menace, la chienne avait rapidement cessé d'aboyer. C'était la faute de l'enfant s'ils s'étaient perdus. La femme pleurait en pressant son fils contre elle. L'enfant regardait le sol, des tremblements agitaient son petit corps. À un moment, entendant Youri dans l'escalier, le docteur avait lancé, *Reste en haut, tout est correct.* Il avait ensuite dit aux gens à travers la porte toujours entravée par la chaîne qu'il allait téléphoner pour que la police vienne s'occuper d'eux. En parlant à un agent au bout du fil, il avait pris une voix exagérément grave pour dire que trois individus, qui disaient s'être perdus dans la montagne, étaient sur son terrain. Youri imite pour Diana et Julia la voix de son père et son phrasé emphatique. Après avoir raccroché, le docteur avait baissé le canon de son arme, puis, lentement, avait tiré la chaîne et ouvert sa porte aux étrangers en attendant les policiers.

Leurs vêtements étaient trempés. Une violente pluie s'était abattue vers minuit sur la montagne et ils avaient dû traverser la rivière pour venir jusqu'à la maison. La faible luminescence aperçue à l'étage les avait guidés dans le noir de cette nuit sans lune. C'était la lampe du docteur que l'on voyait dehors d'un côté et de l'autre. La petite lampe à propane qu'il gardait allumée durant les nuits les plus sombres. Youri dit que c'est parce que son père avait peur du noir. Dans le salon, la mèche de la lampe brûlait cependant trop faiblement et sa luminosité n'arrivait pas à dissiper tout le noir de la pièce, elle se résumait à un halo de lumière dans l'intérieur froid et sale. Il aurait fallu en allumer d'autres. Tandis que Fidel les reniflait les uns après autres, s'attardant particulièrement à l'enfant, la femme avait demandé une couverture pour son fils qui tremblait vraiment fort. Le docteur les avait encore regardés attentivement avant de crier, *Youri, descends une couverture!* Le jeune Youri en avait descendu plusieurs, elles sentaient toutes l'humidité et la naphtaline. Mais elles semblaient les réchauffer. Alors que la mère ôtait les vêtements mouillés de son petit garçon, Youri en avait aussi profité pour remettre du bois dans le poêle. Il dit qu'il trouvait étrange que son père n'en ait pas déjà remis. Les jambes de l'enfant étaient un peu maigres et surtout bleutées par l'eau froide de la rivière. Il avait souri en caressant la chienne mais ne parlait pas. Il avait néanmoins répondu à Youri quand ce dernier lui avait demandé son nom. Youri a le souvenir de s'être efforcé d'être plus ouvert que ce qu'il était habituellement, sans doute parce qu'il s'était dit secrètement que ces gens qui avaient cogné au cœur de la nuit venaient d'ailleurs, de beaucoup plus loin peut-être que Montréal. Quant au docteur, il avait continué d'afficher un air méfiant, agressif. Ils avaient échangé une vingtaine de mots dans l'heure qui avait suivi, avant de voir à travers la fenêtre du salon les gyrophares de deux véhicules de police. Des flashs bleu et blanc qui tournoyaient en silence dans la forêt noire. En partant, la mère avait regardé le docteur avec dédain.

Julia joue l'étonnée, il ne lui avait jamais parlé d'extraterrestres perdus dans la montagne de la rivière aux Bouleaux! Elle rit avec Diana. Il dit qu'il avait oublié cette histoire, que c'est d'entendre Diana raconter qu'elle était branchée sur les planètes qui lui a rappelé les rescapés de la montagne. Il sourit et poursuit son idée en affirmant que la jeunesse fait souvent cela, qu'il avait alors vraiment l'impression que les choses les plus étonnantes allaient lui apparaître. Il en était convaincu. Les années érodent cette certitude au profit d'une naïveté plus grande peut-être, mais dont il ne perçoit pas encore tout à fait les contours. Le sérieux de Youri fait rire à nouveau les deux femmes. Julia l'embrasse et dit qu'enfant, elle pensait que tout était plat hors de la Terre. Plat et nu. Aujourd'hui, les scientifiques et les images de Mars disent autre chose. La plus haute montagne martienne a été nommée par les Terriens *mont Olympus* et elle fait 25 000 mètres. *La montagne de l'autre côté de la rivière est un peu plus petite*, dit Youri, *mais au moins on est certain qu'elle a déjà été habitée.* Par l'homme aux chiens notamment et d'autres ermites peut-être. Il a déjà décrit l'homme aux chiens à Julia, mais il pense que ce qu'il lui a raconté aurait moins l'air d'un pur produit de son imagination si Diana en parlait devant elle. Nouveaux rires de Diana. Dans le restaurant, il fait vraiment chaud. La salle est pleine, les éclats de voix des tables semblent pourtant ne pas atteindre la leur. Ils en sont au plat principal. Le vin et la conversation délimitent autour d'eux une zone d'exclusion que seule la serveuse, qui demande encore si c'est à leur goût, arrive à franchir. Diana dit que c'est le docteur surtout qui était proche de l'homme aux chiens. Youri reconnaît que c'est vrai. Elle ajoute que sur l'homme aux chiens, elle a vraiment tout entendu. Même si elle ne l'a vu qu'une fois. Elle était petite et ils l'avaient croisé dans la montagne avec ses chiens. Il leur avait parlé. C'était comme une apparition, un homme étrange qui se déplace avec cinq ou six gros chiens. Elle ajoute qu'il y a des Indiens dans le rang qui affirmaient que l'homme n'aimait vraiment pas les Indiens. D'autres disaient que c'était en fait un Indien et que c'est pour ça qu'il arrivait à vivre dans la montagne sans rien. Youri lui demande si quelqu'un l'a vu après la mort de son père. Elle ne sait pas. Elle ne se rappelle plus quand, mais ses frères lui ont raconté à un moment qu'il n'y avait plus personne dans sa cabane. *En tout cas, quand le docteur est mort, l'homme aux chiens était déjà vieux*, dit Youri.

Ils terminent lentement leur verre. Depuis quelques années, les soirées agréables passent toujours extrêmement rapidement pour Youri. L'alcool seul parvient à déjouer cette accélération temporelle. Le visage de Diana et le sien sont tour à tour éclairés par le flash de Julia qui prend des photos. Les gens ont commencé à partir et déjà la salle est moins bruyante que tout à l'heure. Diana a proposé qu'ils aillent marcher un peu autour du lac avant de rentrer. Le jour, l'auberge organise des tours de traîneau à chiens pour quelques touristes et des excursions en motoneige avec guide aussi. Mais ceux qui ont mangé à l'auberge ce soir viennent du coin. Ils ont fait la route avec leur propre motoneige. Les moto-neigistes repartent les uns après les autres dans leurs vêtements spéciaux sur ces chemins étrangement déserts. Certains devront faire une quarantaine de kilomètres sur leurs puissants engins pour rentrer.

Dans le hall de l'auberge, comme c'est souvent le cas, la reproduction d'un paysage d'hiver a été encadrée, Youri l'a remarquée en arrivant. Julia et Diana sont plus loin, elles marchent maintenant sur l'étendue d'eau gelée. Youri avance plus lentement. Dans ce tableau très ancien, un peintre flamand investissait de sens le froid, il avait su trouver une force esthétique dans ces patineurs glissant, certains tombant sur la glace. Le bâtiment principal de l'hô-tel regarde le lac à distance respectable. Des chemins ont été tracés sur la neige abondante. Un anneau de glace a été aménagé. La glace est belle, Youri n'avait jamais vu le lac comme ça. Il les a rejointes plus loin, alors que Julia tente de prendre des photos encore, mais en s'éloignant des lumières de l'auberge, il fait vraiment trop sombre. L'appareil est arrêté par le noir. À la surface de l'eau gelée, le vent disperse une fine poudreuse. Tandis que tout en haut, la profondeur du noir rend le courant d'étoiles de la Grande Ourse fortement perceptible.

LES OURSONS D'EAU ET LES LOUPS

La nuit est avancée et il fait bon chez eux. Dans le salon, assise face au grand écran d'un ordinateur installé sur une table en verre, Julia travaille aux images de son expo. Elle fait des essais de traitement pour la série qu'elle a réalisée au campement. Du canapé, Youri ne peut voir l'écran d'ordinateur. Il regarde tantôt distraitement la télé sans le son, tantôt, à travers la fenêtre, le noir affaibli par la luminosité forte de la pièce. Il aimerait retrouver cette sorte de signal de l'univers que l'on peut capter en se concentrant, disent certains.

Curieusement, et malgré son intérêt pour l'espace, Youri s'est presque toujours tenu loin des ufologues et de tous les illuminés du cosmos. Ces gens-là, entre vénalité et spirale de la mythomanie, ont très tôt été pour lui un bruit parasite dans l'aventure spatiale. De l'autre côté du spectre, les publications des astrophysiciens restent indéchiffrables pour Youri. Quelques livres vulgarisés font exception et il a pris plaisir à en lire certains. De toute manière, il n'a jamais souhaité devenir astronome. Il lit néanmoins dans les journaux tout ce qui concerne l'astronomie. Youri demeure sensible à l'évocation scientifique de ce qui se trouve hors de la Terre, de même qu'il est sensible à une possible expansion de l'univers dans lequel s'écoule la poignée de décennies qui lui est impartie. Plus que sensible. Hypnotisé.

Il baisse l'intensité des lumières d'une partie de la pièce. Les deux écrans continuent de donner une belle luminosité. Le salon est plus beau ainsi. Il essaie de se représenter maintenant dans l'univers. Ce n'est pas facile. Il ne sait pas comment organiser spatialement sa représentation. Il a peine à se figurer une géométrie non euclidienne et un certain malaise lui vient en s'imaginant naviguer seul dans l'espace. Il voit la matière noire dans laquelle son aéronef avancerait. Mais l'aéronef paraît trop archaïque à l'intérieur de sa tête, comme les ordinateurs qui, les uns après les autres, passent si rapidement de nouveaux et futuristes à vieux, avec leurs plastiques qui jaunissent et leurs touches qui s'encrassent vite. Youri se souvient que les caricaturistes de sa jeunesse imaginaient des corps malingres et des têtes surdimensionnées pour l'an 2000. Or, aujourd'hui, les hommes sont plus musculeux que jamais. Et leurs pectoraux gonflés, tout autant que leurs somptueux abdominaux, font paraître petites les têtes posées sur les cous de taureau des jeunes hommes attelés aux machines du gym.

Quand Youri était enfant, la possibilité d'une vie extra-atmosphérique était partout dans les films et les livres. La télé ne cessait de montrer les témoignages de gens racontant des soucoupes aperçues dans le ciel. Des scientifiques aussi témoignaient. Le radiotélescope de l'Université de l'Ohio avait capté un fort signal à bande étroite de plus de 70 secondes. Le signal Wow! était une captation sérieuse. La possibilité de créatures extra-atmosphériques constituait l'horizon philosophique de ces décennies. Une forme d'espoir qui donnait un sens au progrès technique qui allait s'accélérant. Telle une centrifugeuse, le déploiement scientifique entraînait avec lui mille possibilités de l'espace. Un monde nouveau était sur le point de naître. L'avenir se précisait et l'imminence d'une tombée de rideau pour l'ancien monde ne faisait pas de doute. Un monde plus intelligent verrait le jour. Un monde plus feutré, où l'odorat ne serait plus le sens du danger, mais plutôt la possibilité d'approfondir le goût, de raffiner les arômes. Les physiciens et les astronomes cartographieraient l'univers à l'aide de calculs incompréhensibles et de télescopes vraiment géants. Les habitants des mondes autres se révèleraient bientôt à nous. Les scénarios d'anticipation enflammaient l'imagination. Les histoires d'extraterrestres se multipliaient. Les populations étaient prêtes.

De la quête profonde aux sources des premières histoires, on passa néanmoins assez rapidement à des Martiens de plus en plus œdipiens. Jusqu'à ce qu'un jour, le kitsch des extraterrestres remonte à la surface comme le cadavre d'un noyé du fond d'un lac.

Quand toutes les histoires de petits bonshommes verts et de Martiens ont eu fait le tour de la terre, quand les soucoupes volantes pilotées par des humanoïdes à antennes ont été mises au rancart, Youri a eu l'impression que les scientifiques pouvaient reprendre enfin l'histoire à zéro.

Il a mis ses gros écouteurs de studio, le documentaire animalier qu'il voulait regarder commence. Il est question de très petits animaux. L'ourson d'eau ou tardigrade a été décrit pour la première fois il y a longtemps par un zoologiste allemand et, même s'il s'agit d'un animal présent sous toutes les latitudes, il reste peu connu. Sans doute parce que pour observer l'ourson d'eau, il faut se munir d'un microscope. En effet, les individus de cette espèce dépassent rarement 1 mm. Le documentaire explique longuement combien la capacité de l'ourson d'eau à suspendre radicalement ses fonctions vitales est stupéfiante. Grâce à la cryptobiose, il est ainsi en mesure de supporter des amplitudes thermiques phénoménales. Youri sent rapidement monter en lui une hostilité envers le morne tardigrade, la réfrène le plus possible, se concentre sur ses autres propriétés. Bâille. L'écran de la télé fait des oursons d'eau des animaux immenses, on en voit plusieurs se déplacer lentement. Ils se trouvent dans la glace des pôles, au fond des océans ou même des puits. Ils vivent sur les arbres aussi, avec une préférence pour les mousses. La chimiobiose les protège des produits toxiques et même si leur espérance de vie est relativement courte, la cryptobiose peut durer des siècles. Les tardigrades se montrent par ailleurs résistants aux rayons ultraviolets. Le documentaire présente maintenant un chercheur filmé à la table de son bureau et dissertant posément sur l'adaptabilité du vivant. Il expose le fait que ces créatures viennent selon toute évidence de l'espace extraterrestre. Sinon, comment expliquer ces caractéristiques qui excèdent largement ce que demande l'adaptation à la vie terrestre?

Youri ne sait que penser de ces bêtes extraterrestres. Il les trouve décevantes, inexpressives. Youri attend depuis toujours les créatures de l'espace, mais il espérait en vérité davantage que ces animaux infiniment petits. Il attendait davantage que des jeux d'échelle à l'intérieur desquels l'espèce humaine est aussi misérable que les loups dans les territoires déboisés envahis par les autoroutes et les constructions de toute sorte.

LE VERROU

Julia s'est levée bien avant Youri. Elle a griffonné un mot disant qu'elle partait acheter un cadeau pour Junior. Ils vont glisser avec lui et Diana cet après-midi. Ils ont aussi décidé d'en profiter pour aller voir la maison du docteur. Assis au comptoir blanc de la cuisine, Youri vient de délaisser la lecture du journal pour les lignes noires que dessinent les troncs des conifères dans la neige immaculée. Les flocons pointillent les lignes. Le désordre du vivant ne l'a jamais laissé indifférent. À l'échelle du cosmos, l'ensemble prend un aspect logique, mathématique, du moins les manières humaines d'exprimer l'univers le font paraître ordonné, calme, plus grand que tout et affranchi du désordre de la Terre. Youri a beaucoup espéré de l'espace, mais les années ont passé et il sait désormais que le temps est en train de le broyer jour après jour, que le temps l'annihilera lui aussi, que le grand désordre se perpétuera et au fond, peut-être que c'est bien ainsi. Il disparaîtra sans doute avant d'avoir entièrement renoncé à son espérance et d'une certaine manière, la force aveugle de celle-ci le rassure. Il est retourné maintenant à la lecture du journal. S'il ne comprend pas toujours entièrement les articles scientifiques, il les comprend suffisamment du moins pour imaginer l'horizon de possibilités qu'ils tracent. Ce qu'il lit sur le temps et la matière le trouble. Derrière un titre comme *La masse se mesure aussi en secondes* se dissimule peut-être une énigme aussi simple que celle du sphinx demandant à Œdipe, *Qu'est-ce qui a quatre pattes le matin, deux pattes le midi et trois pattes le soir?* Le reste du journal continue de le captiver, les statistiques du hockey, la météo, le cours des changes, les désastres et l'incompréhension politique internationale. Un cahier célèbre les performances d'un type d'entreprise, un autre les brocarde et leur attribue une part de responsabilité dans les plus récentes catastrophes naturelles.

Juste avant le réveil, Youri a rêvé de nouveau à la cabane de l'homme aux chiens. Il est assis sur une chaise pliante en fer. Trois chiens tournent autour de lui : une sorte de parade. Ils tournent en ne détachant pas leurs petits yeux foncés de Youri. Ils se tordent le cou pour pouvoir encore le surveiller et continuent de tourner en grognant l'un contre l'autre quand ils s'effleurent. D'autres chiens sont couchés sur le lit sale de l'homme et gardent les yeux ouverts. Leur pelage est somptueux. Ils ne quittent pas le visiteur des yeux. Leur maître n'est pas dans la cabane. Youri ne se rappelle pas vraiment autre chose de ce rêve, sinon qu'il se prolongeait pour s'enfoncer encore davantage dans le mystère et les ramifications.

Les fois où il avait accompagné son père en haut, jusqu'à la cabane, Youri restait assis silencieusement sur la chaise en fer glaciale pendant la dizaine de minutes que durait la visite. L'homme aux chiens s'intéressait à lui. Il lui parlait un peu de ses bêtes qu'il appelait, *Mes pitous*. Il lui demandait s'il aimait ça, les pitous. S'il aimerait ça en avoir un. *Cet été, je pourrais t'en donner un beau petit pitou.* Youri souriait timidement. À l'intérieur de la cabane, les bêtes sentaient fort malgré le froid. Quand l'homme lui proposait un verre d'eau, Youri refusait toujours – il aurait eu l'impression de boire dans le bol d'eau géant placé près de l'entrée et où flottait toujours la bave des bêtes. Il préférait de loin manger la neige de la forêt. Quel âge avait l'homme aux chiens cette année-là? En âge canin, il avait l'air d'un grand chien de neuf ou dix ans. Un chien largement pelé, mais qui gardait sa musculature animale.

À la mort de son père, Youri n'était pas remonté le voir. Les patrouilleurs y étaient allés, eux. Quand ils avaient appris que le docteur avant de mourir revenait de chez un homme habitant une cabane, ils avaient fait vrombir leurs motoneiges dans la forêt. Peut-être que l'ermite saurait quelque chose, peut-être qu'en le voyant ils comprendraient mieux l'accident. Mais ils étaient redescendus de là-haut un peu nauséeux et sans indice supplémentaire. Les patrouilleurs-motoneigistes redescendaient quand Youri était arrivé sur les lieux. Ils avaient posé quelques questions mécaniques au fils de la victime. Chantal et Diana pleuraient. Ils lui avaient aussi demandé d'identifier la dépouille placée sur une civière et que recouvrait une couverture orange. Youri s'était approché du mort et quand un des policiers avait soulevé la couverture sur le visage gonflé et bleu du cadavre, il avait acquiescé, l'homme allongé sur la civière était bien son père. Il se souvient du gyrophare de l'ambulance tournoyant en silence quand le véhicule avait redémarré plus tard avec le corps raide de son père à son bord.

Il neige de plus en plus dehors, les phares du pick-up qui avance dans l'allée sont allumés. Le couvert nuageux reste dense. Julia arrête le véhicule juste devant les quelques marches qui mènent à l'entrée. Elle rapporte plusieurs sacs du centre commercial. Elle a acheté un petit télescope et des autocollants d'étoiles phosphorescents pour Junior. Elle a aussi fait des courses pour eux deux, pour qu'ils puissent manger avant de partir.

Ils vont glisser dans une carrière abandonnée à quelques kilomètres du rang. Youri n'y est jamais allé l'hiver. Diana leur a dit que la descente est redoutable même avec de la neige fraîche.

Ils sont restés dans la carrière une bonne heure à glisser. Youri regarde Julia, Diana et Junior filer en bas de la pente sur la luge, puis remonter lentement jusqu'au sommet – ils rient et se moquent gentiment de lui qui ne veut pas glisser – pour redescendre encore plus vite. Il repense à une dépêche qu'il a lue ce matin, les États-Unis mettent fin au programme Constellation. Au milieu de toutes les nouvelles dramatiques, ça ne lui avait pas semblé être une information importante. En y repensant cependant, Youri ressent un certain découragement. Il marche de long en large. Comment se fait-il que la fascination nord-américaine pour l'espace se soit volatilisée aussi subitement? Depuis la fin du vingtième siècle, la domination économique de l'Amérique sur le monde s'effritait chaque jour davantage. Et la fin de ce programme spatial mis sur pied relativement récemment et qui n'avait débouché sur rien était une expression évidente pour Youri, et pour tous d'ailleurs, de ce déclin. Bien sûr, peut-être que depuis toujours il n'y avait rien à prendre au sérieux dans ces programmes. Le drapeau planté sur la Lune comme le tour en orbite de Gagarine étaient de l'ordre du spectacle, mais c'était un spectacle bouleversant, ouvert sur les possibles, pas une exaltation kitsch de l'imagination dans laquelle des gens dorment sur des nuages ou encore naviguent dans le ciel avec un vaisseau magique. Avancer dans des espaces véritablement inconnus demandait un travail obstiné, fou, aux coûts exorbitants. Avec des vis, des boulons et des morts. Il fallait véritablement briser les chaînes de la pensée et s'expulser au-dessus de la Terre. Aujourd'hui cet effort n'est plus de ce côté-ci du monde. Youri n'aurait jamais cru que l'affaiblissement de l'Amérique lui donnerait un jour de la tristesse. L'exploration de l'espace se poursuivra, mais ce n'est plus un enjeu central pour la portion du monde qu'il habite. À tout le moins, cette portion du monde n'a plus les moyens d'en rêver.

Dans la descente de glace, Junior, Diana et Julia, les fusées humaines, continuent de glisser. Le dénivelé donne le vertige à Youri. Sa perception est qu'ils tombent dans le vide et il lui faut un certain effort pour chasser cette impression de sa tête et garder de l'entrain. D'autres enfants viennent d'arriver. Les adultes glissent avec eux. À l'intérieur de la carrière, le paysage est lunaire. Ils grimpent, redescendent à toute vitesse et crient en glissant. Le froid est plus mordant à mesure que le jour décline.

Au siècle dernier, la crise avait envoyé la famille de sa grand-mère paternelle, Rose-Aimée, dans une cabane de bois au milieu de la forêt, pas très loin d'ici. Il avait fallu défricher une parcelle de terre pour pouvoir se nourrir. C'était un travail dur et long. La subsistance n'était pas acquise. En l'absence du père et de ses fils aînés qui passaient la saison froide dans les camps de bûcherons plus au nord, l'hiver, la mère de Rose-Aimée pleurait tous les soirs dans sa cabane encore largement entourée de résineux. Beaucoup de ces parcelles avaient été abandonnées par la suite. En certains endroits, la végétation avait entièrement fait disparaître une à deux décennies de travail acharné pour maîtriser les sols. Quand le continent était redevenu prospère, la famille de Rose-Aimée avait pu enfin partir vivre dans une petite ville industrielle à une heure de voiture d'ici. Pourquoi le docteur était-il revenu vivre dans la région? Pourquoi avait-il choisi de venir s'enterrer vivant au milieu des épinettes quand sa femme l'avait quitté? Youri a froid et il est mal dans cette carrière lugubre, il veut partir. L'idée de devoir retourner voir la maison de son père l'oppresse. Il ne sourit plus du tout et Julia le remarque. Ils vont faire une dernière descente et aller le rejoindre.

Dans l'habitacle du pick-up qui se réchauffe vite, Youri parvient à sourire de nouveau. Devant Junior et Diana surtout, il dissimule son malaise et met de la musique pour le petit qui a l'air heureux. Julia tend le cadeau emballé à Junior en lui chuchotant de l'ouvrir chez lui. Elle les raccompagne ensuite jusqu'à la porte. Dans le rétroviseur, Youri suit du regard Junior courir vers la rallonge de contreplaqué, puis le mouvement des autres silhouettes à travers les fenêtres. Alentour, le paysage est immobile. Il reste une luminosité diurne, mais le soleil a entièrement disparu derrière les arbres. Youri n'a pas quitté le rétroviseur des yeux quand Julia remonte à bord.

Elle dit qu'il faut se débarrasser de cette histoire de maison. Il ne peut pas toujours remettre à plus tard, ils doivent aller voir ce qui reste de cet endroit où vivait son père. Youri aimerait être avec Julia dans une ville où il fait chaud. Être ailleurs du moins, loin d'ici. Il répète qu'il n'y a rien ici. Pas de vérité profonde, que de l'ennui. Un puits sans fond d'ennui. Un large désert. Dans lequel rien ne peut croître, sinon le vide. L'expansion infinie du vide. Il est certain de mal comprendre les théories des astrophysiciens, s'y intéresse en dilettante, mais reste persuadé qu'ailleurs, aux confins de l'univers, les aberrations doivent être nombreuses. Le vide est sans doute une des lois maîtresses de l'univers. À cette loi du vide fait écho l'espèce humaine clairsemée du rang des Épinettes. Julia le laisse parler. Les années durant lesquelles son père a moisi là le hantent. Même si Youri a cru longtemps qu'il pouvait ne rien faire, laisser le passé se résorber. Au lieu de ça, les années ont fait enfler dans sa tête, de manière imperceptible d'abord, l'insignifiante maison paternelle. Il arrête le pick-up comme l'autre soir, parallèlement à l'allée fermée par la neige qui mène à la maison de son père.

La présence de Julia est rassurante, alors que le soleil continue de disparaître à mesure qu'ils avancent. Les traces qu'il avait laissées ne paraissent plus du tout. Ils progressent lentement avec leurs raquettes jusqu'à la maison, abruptement laide au bout du sous-bois. Sans doute que des parcelles du terrain ont été exploitées déjà avant que la maison ne soit construite. La forêt est dense et jeune. L'auvent rigide a empêché en un endroit la neige de s'accumuler et on peut encore apercevoir la terre caillouteuse qui se trouve autour de la maison. Sur la vitre cassée de la porte d'entrée, un morceau de carton a été placé pour obturer l'ouverture. Julia tente de tourner la poignée, sans succès. Youri a la clé, elle entre avec un peu de difficulté dans la serrure qu'il vient de vaporiser d'huile. Déverrouiller cette porte est parfaitement étrange. Youri se regarde faire, un geste irréel, pousser la porte. À l'intérieur, l'espace que balaie le faisceau de la lampe de poche est nu et glacial. Une odeur animale imprègne l'endroit. Il ne reste presque rien en bas. L'escalier craque.

En haut, l'odeur saisit. Dans la salle de consultation, la lampe de poche montre de grandes taches de moisissure sur le mur qui gondole. Juste à côté, le miroir de la chambre du docteur est toujours là. Le lit aussi. La lampe éclaire les cernes du matelas. Il n'y a plus de draps, de couvertures. Plus de livres.

La porte du grand placard est fermée. Youri tente de l'ouvrir, mais n'y arrive pas. Julia essaie à son tour. La porte est verrouillée. Il leur faudrait des outils. Il y en avait jadis dans la cave. Youri dit qu'il va essayer de trouver quelque chose en bas pour forcer la serrure même s'il fait de plus en plus noir dehors. La lampe de poche à la main, Julia frissonne. Elle est sûre d'avoir entendu quelque chose dans le placard, mais le vacarme que fait Youri en remontant quatre à quatre l'escalier couvre le bruit. La maison doit être pleine de mulots. Il n'a pas pu ouvrir la porte de la cave, il aurait aimé y descendre, il a seulement trouvé un couteau ordinaire sur le sol de la cuisine avec lequel il triture le loquet à présent, sans arriver à faire céder de verrou. Le coup de pied qu'il vient de mettre dans la porte a laissé le contreplaqué enfoncé dans le bas. Il fait trop sombre en vérité, ils se sont fait surprendre par la brièveté des jours d'hiver. Ils reviendront demain matin.

LE MONTICULE

Youri a pris avec lui des outils. Une énorme crow bar.
Un marteau et des pinces. La porte du grand placard
ne résistera pas longtemps. Julia tient en bandoulière
son appareil photo. En plein jour, la maison du docteur est différente. La neige qui l'entoure donne une
intense luminosité au salon. Les gens de Pripiat qui
s'étaient déplacés pour voir l'arc-en-ciel incroyable,
surnaturel, au-dessus de Tchernobyl après l'explosion
du réacteur sont tous, sans exception, morts rapidement. Malgré les rayons du soleil d'hiver, dans la
pièce, un froid coupant règne. Cette étrangeté dans
un intérieur est macabre. Vider la maison absorbe
Youri. Vider la maison et ne plus jamais en entendre
parler. Inspecter la cave et le grand placard. Il se
trouve ridicule de s'identifier, dans la maison de son
père, à ces centaines de milliers d'hommes chargés
de décontaminer Tchernobyl après la catastrophe,

mais n'arrive pas à abandonner l'image du liquidateur. Il dit à Julia regretter de ne pas avoir mis une combinaison. À Tchernobyl, les liquidateurs se confectionnaient eux-mêmes un équipement de protection. Ceux qui travaillaient dehors, sur le toit au-dessus du réacteur en fusion, se découpaient des sortes de tablier à l'intérieur de feuilles de plomb et dégageaient les gravats radioactifs avec des pelles. Ils couraient pour rester le moins possible exposés à des doses inhumaines de radiations. Ils avaient 45 secondes. Après quoi la sirène de la rotation des équipes se faisait entendre. Sous terre, les mineurs en chemise ou torse nu ôtaient rapidement leurs masques détrempés par la chaleur infernale des sols. Ils étaient relayés toutes les heures. Des robots télécommandés avaient été envoyés aussi sur le toit, mais les taux de radiation les mettaient rapidement hors d'usage. Les mineurs, eux, continuaient de creuser un tunnel sous les réacteurs, un système de refroidissement devait y être installé. Le projet fut abandonné une fois le tunnel creusé. D'autres liquidateurs étaient chargés de nettoyer les maisons avec de l'eau et de tuer tous les animaux, domestiques ou non, parce que leur pelage gardait des poussières radioactives. Près du réacteur, une plantation de pins sylvestres de 400 hectares avait été fortement irradiée. L'endroit, surnommé *forêt rouge* à cause des arbres roussis, a été entièrement rasé depuis et enfoui, à l'aide de pelleteuses, comme les animaux parmi les déchets radioactifs. Des villages entiers ont aussi été enfouis sous terre.

Dans un des documentaires qu'ils ont vu ensemble, Julia avait été profondément bouleversée par cette maison où des femmes recevaient les liquidateurs à moins de dix kilomètres de la catastrophe. Les mêmes tapis colorés ornaient les murs, les mêmes tables et les mêmes chaises, la même vodka et les mêmes gâteaux accueillaient les hommes. Les mêmes bras, les mêmes seins, les mêmes bouches, les mêmes sexes. Les mêmes orifices qu'avant la catastrophe accueillaient la verge de liquidateurs irradiés et couverts de poussières radioactives. Des rideaux à gros motifs étaient là aussi, accrochés aux fenêtres, les mêmes qu'ailleurs, loin de la zone contaminée. Les femmes manquaient aux liquidateurs. Ils étaient fiers, courageux et avaient besoin d'elles. Elles étaient particulièrement tendres avec eux. Dans l'apocalypse, les sacrifices galvanisaient, hissaient la destinée des hommes et des femmes qui restaient sur place. Les survivants le racontent ainsi.

Julia veut chauffer le poêle poussiéreux pour chasser le froid de la maison. Il reste un peu de bois. Les bûches sont tellement sèches qu'elle craint un instant l'embrasement de la maison. Il y a des petites bêtes dans la cheminée. Les insectes crépitent.

Sous l'assaut de la crow bar, la serrure de la cave cède rapidement. Youri reconnaît les boîtes dans lesquelles son père rangeait scrupuleusement ses revues. Le pistolet semi-automatique est plus vraisemblablement dans le placard de la grande chambre là-haut. Ici, il y a quelques outils en désordre. Des fils électriques enroulés grossièrement et suspendus à des clous rouillés. La cave n'a pas été creusée profondément. Les mulots sont nombreux. Ils bougent rapidement dans le faisceau lumineux. Tout est sale. Julia se demande comment ils peuvent survivre sans nourriture.

En haut, il fait légèrement plus chaud. La porte du grand placard résiste davantage que celle de la cave. La serrure qui le protégeait est solide. Ils ont dû défoncer le contreplaqué de la porte autour de la serrure pour ouvrir. L'odeur de chien est forte ici. Dans le coin droit du placard, au plafond, la trappe du grenier n'est pas entièrement fermée. Une petite échelle en fer y mène. Elle grince sous le poids de

Youri qui y monte. La lampe de poche éclaire les poils d'animaux sur le sol et un radiateur portatif, dont le très vieux fil, recouvert par endroits avec du ruban électrique, a été enroulé sur lui-même. Des gens ont dormi là, des animaux aussi. À l'intérieur de l'espace réduit sous les deux versants du toit, une couverture a été abandonnée. Elle est encore humide et des excréments s'en détachent quand Youri, sous les diagonales du plafond, en soulève un pan. Le sol en feuilles de contreplaqué est crasseux. Julia n'est pas montée entièrement dans le grenier, ses pieds sont encore sur l'échelle. Youri a pris la carabine avec lui, même s'il est difficile de se déplacer avec l'arme dans ce grenier aveugle. Ils se regardent Julia et lui, chuchotent, avant de redescendre dans le placard du docteur. Leurs pulsations cardiaques sont rapides. Quelqu'un se cache peut-être en bas pour les surprendre.

Ensemble, ils ont passé au peigne fin tous les coins de la maison avant de continuer à vider. Il n'y a plus personne de caché à l'intérieur. Les gens qui étaient là ont dû partir durant la nuit. Julia est sûre qu'ils étaient encore à l'intérieur de la maison hier quand ils sont venus. Dans le grenier, auquel Julia et Youri n'avaient pu avoir accès la veille.

Julia a remis des bûches dans le poêle. Ils se sont calmés et vont reprendre là où ils s'étaient arrêtés. Dans le grand placard, des objets du docteur trônent encore sur une des étagères : une paire de lunettes en corne dont l'une des branches est réparée avec du papier collant jauni, un peigne de plastique noir, un rasoir, une boîte à chaussures remplie de cartes postales et le radiocassette, dont les piles ont coulé. Tout est vieux. Le pistolet semi-automatique reste introuvable. Youri, crow bar accrochée à la ceinture, vient de poser la carabine contre le mur. Il a amené des sacs-poubelles géants pour se débarrasser de ce qu'ils vont trouver. Il jette d'abord la couverture du grenier. Et tout ce qui est sur l'étagère. Sur la boîte à chaussures, deux cartes postales vieillies sont collées. Il y a la photo d'un petit monument moderne, dont on devine qu'il est blanc malgré l'usure de la carte. On peut y lire en lettres chromées et futuristes un nom en alphabet cyrillique et une année, 1970. Une abondante floraison encercle le monument comme sur toutes les cartes postales de l'époque soviétique. L'autre carte célèbre le premier séjour humain dans l'espace : on y voit la belle tête souriante de Gagarine dans son scaphandre. Les quatre lettres CCCP se détachent du fond, ainsi que la faucille et le marteau. À côté de la boîte de cartes postales, la petite lampe propane est vide sur l'étagère. Julia tient le sac, Youri jette tout. Il n'entrait jamais dans la chambre quand son père était encore de ce monde. Durant l'été, le docteur fermait souvent la porte. Même quand il ne la fermait pas, Youri préférait ne pas entrer. Une chambre sombre et sale avec, sur les feuilles de contreplaqué du plancher, une quantité bizarre de pièces de monnaie. Aujourd'hui, la chambre est presque vide. Quelque chose d'invisible pourtant reste du passé. Il s'en veut d'entraîner Julia là-dedans, il a honte aussi. Le vieux matelas garde la forme du corps qui s'y est étendu durant des milliers de nuits. Les ressorts se sont écrasés au milieu. Youri a peur d'être contaminé. De même que la durée de vie des isotopes est plus grande que la durée de vie humaine ou animale, quelque chose reste ici.

Julia essaie d'encourager Youri, qui est encore plus pâle que tout à l'heure, elle dit que ce n'est qu'une maison laide et pourrie à vider. Elle a sorti son appareil photo, mitraille avec le flash en commentant ses cadres. Elle le fait sourire, prend encore une série de clichés tandis qu'il avance vers le cabinet de consultation qui n'a pas du tout été vidé. Il y a du sang sur la table d'examen. Un peu de sang séché. Julia a remis son appareil photo en bandoulière, elle hésite un instant sur le seuil. Autour de la fenêtre, l'eau s'est infiltrée et le mur s'effrite. À l'intérieur de l'armoire à pharmacie, en désordre, il reste des pinces, des ciseaux, des bâtons de bois pour la langue et des cotons-tiges. Les blocs d'ordonnances ont quand même disparu. Ils se trouvent peut-être ailleurs. Youri ne cherche pas. Il met à la poubelle les livres, les dossiers qui sont restés dans le petit placard du cabinet. Le costume trois-pièces en laine de son père y est toujours accroché. Il date des premières années de pratique médicale du docteur, le posséder était la matérialisation d'un grand rêve de jeunesse. Le docteur s'était souvent fait photographier vêtu de ce costume que les mites ont en partie mangé depuis et que Youri vient de jeter avec le cintre du tailleur d'origine dans le large sac. Au bas des murs, des moutons de poils bougent au rythme des pas rapides de Youri, qui s'arrête un instant pour embrasser Julia. Les cadres des diplômes de son père ont été décrochés. Ils sont appuyés contre le mur. L'un des cadres est cassé et le diplôme a disparu, l'autre protège encore le document couvert de mots latins. Youri demande à Julia de prendre une photo de lui avec le diplôme. Tandis qu'il parodie une pose grave que le docteur aimait prendre devant l'objectif, l'appareil active automatiquement le flash dans la pièce assombrie par un lourd rideau que le soleil décolore année après année. Ils rient tous les deux maintenant parce que Youri, mimant un ralenti, fait lentement glisser le diplôme dans le sac géant en gardant le visage fermé de son père devant l'objectif.

Ils se sont ensuite concentrés davantage pour avancer plus vite. Quand les grands sacs noirs ont tous été pleins, ils ont décidé de s'arrêter. Julia dit que le mieux serait de raser la maison. Il sourit. Sans doute que ce serait le mieux à faire, mais le plus important aujourd'hui est de se débarrasser des sacs et pour ça, il faut trouver le moyen de les transporter jusqu'à la boîte du pick-up. La nappe de plastique qui est encore sur la table de la cuisine fera l'affaire. Avec ça, ils pourront faire glisser les sacs à travers le sous-bois. La nappe rose garde la forme de la table même placée à l'envers dans la neige. Son revers grisâtre rappelle la gaze.

Julia a de nouveau l'impression d'être épiée hors de la maison. Youri se résout mal à ne pas retrouver le pistolet semi-automatique et il met du temps à ressortir. Dehors tout est silencieux et immobile. Elle enlève le capuchon noir de l'objectif pour faire une ou deux photos en attendant et cadre les traces qu'ils ont laissées en venant ici. D'où est Julia, on ne distingue pas la maison des parents de Diana. Même s'il n'y a pas de feuilles aux arbres, les conifères sont trop abondants. Elle ne s'avance pas beaucoup, mais elle peut voir néanmoins la rivière un peu plus bas, largement recouverte de neige et de glace. Ainsi que le mouvement de l'eau autour des grosses pierres, davantage visible encore dans la courbe.

Elle a remis le capuchon sur son appareil et tient maintenant la carabine, tandis que Youri tire la nappe chargée des sacs sur la neige abondante. Ils ont besoin l'un de l'autre. L'arme n'est pas vraiment lourde. Elle la tient d'une main, canon vers le sol. Derrière, Youri peine un peu avec la vieille nappe de plastique qui glisse assez bien, mais se déchire aussi. Heureusement, la route n'est plus très loin.

Dans le pick-up en marche, Julia a mal au cœur. Pour atteindre le site d'enfouissement, il faut rouler une bonne vingtaine de minutes. La vitre baissée pour chasser la nausée rend l'habitacle rapidement froid, mais Julia reprend des couleurs. Quand même, l'entrée de la décharge et la clôture métallique qui entoure le site rappellent vraiment les photos prises près de la centrale, l'endroit en particulier où les réacteurs 5 et 6 devaient être construits. La centrale Vladimir Ilitch Lénine serait devenue la plus grande centrale d'Union Soviétique. Mais le réacteur 4 avait explosé et les grues qui travaillaient à l'agrandissement de l'ensemble ont figé, puis rouillé sur place, comme frappées d'un sort médiéval jeté à la tête du progrès technique et des Soviets. Sur les bords de la rivière Pripiat qui baigne la centrale, une petite localité accueille désormais des riches de Kiev. La zone interdite est tout près de là. Certains se sont bâtis des datchas face au lac dans lequel la rivière se jette. L'été, les gens nagent dans l'eau contaminée, l'une des plus contaminées du monde. Il l'a vu dans le webdocumentaire *La Zone*. En retrait de la plage, dans la forêt, on entend les insectes bourdonner autour d'un jeune homme torse nu. Des enfants se baignent un peu plus loin, les femmes sont séduisantes, les hommes roulent des mécaniques.

Appuyée sur le rebord de la vitre du pick-up qui roule lentement le long du tracé réservé aux particuliers, Julia garde son visage au vent glacé. L'hiver, les odeurs sont comme un bruit étouffé. Sur la Lune, les astronautes ont parlé d'une constante odeur de soufre. Youri raconte à Julia avoir visité, enfant, une exposition dans laquelle on pouvait sentir l'odeur de la Lune à l'aide d'une petite machine qu'il n'a su décrire. Elle a l'image en tête d'un très gros caillou froid qui tourne autour de la Terre. Penser à ce mouvement de rotation lui donne de nouveau mal au cœur. Elle a hâte de rentrer. De manger et de prendre un bain chaud. Ses pensées vont seules et elle s'imagine allumer une cigarette, alors qu'elle ne fume plus depuis longtemps. Julia visualise la cigarette qu'elle a un peu de difficulté à sortir du paquet neuf – les cigarettes empaquetées mécaniquement sont très serrées les unes contre les autres – et puis elle l'allume. Le calme du geste. Même si l'odeur de la décharge est étouffée, on la sent maintenant. Une question de vent. Si elle allumait une cigarette là, tout de suite, l'odeur du tabac chasserait l'odeur de putréfaction. En soufflant un nuage de fumée bleue, la nausée se dissiperait entièrement, elle en est sûre. Pendant qu'elle lutte contre son envie de fumer à nouveau, rien qu'une cigarette, un homme dans une guérite indique à Youri de la main le chemin à suivre pour déposer les sacs. La vitesse sur le site est limitée à 10 km/h. Du côté des particuliers, il y a peu d'activité. Youri est seul à jeter des ordures dans la section qui porte le numéro 17. Mais au bout d'une route en contrebas, il peut apercevoir au loin le mouvement de nombreux camions à benne et cinq, six pelle-teuses qui compressent les ordures déversées sur un monticule d'une vingtaine de mètres. Des bassins de drainage ont été aménagés sous la fosse de manière à traiter les eaux de lixiviation et ainsi éviter qu'elles ne contaminent la nappe phréatique. L'ensemble continue de paraître pourtant si approximatif. Tant pis, les sacs iront bientôt augmenter le monticule sur lequel s'activent les pelleteuses, et cette perspective le comble. L'image de ces engins rasant la maison traverse ses pensées un instant, tandis que Youri remonte dans le camion. Il se sent plus léger.

LA TOURBIÈRE

Les diodes vertes de la console brillent dans l'obscurité, les indicateurs de puissance aussi. Le noir de leurs combinaisons mates ne renvoie pas la lumière colorée. Le latex fait transpirer Youri. Julia transpire beaucoup moins. Les réglages de la console sont nombreux. Le courant électrique est faible, il sera augmenté peu à peu. Youri n'a pas entièrement remonté la large fermeture Éclair sur son torse. Plus bas, il a défait les boutons pression qui enfermaient son sexe. Le canapé anthracite ressemble à une cabine de pilotage. Leurs positions sont statiques. Ils bougent à peine, on ne voit pas leurs muscles bandés sous le latex épais. Certaines électrodes sont aussi dissimulées par le latex.

C'est Julia qui a initié Youri à l'électricité. Au début, c'était plus pour rire. Ils ne se connaissaient pas encore beaucoup et Youri, pour taquiner Julia qui multipliait les affirmations péremptoires, s'amusait à prétendre ne pas aimer le caractère naturel de l'accouplement et encore moins le lyrisme qui l'accompagne. Il disait à Julia ne pas comprendre le dégoût apparent, des femmes surtout, pour la sexualité artificielle. Les femmes prenaient la pilule durant trois décennies, mais revendiquaient le caractère naturel de leur sexualité. Et tandis que certains scientifiques accusaient les contraceptifs oraux de contaminer les eaux souterraines et de contribuer à la prolifération dramatique des méduses dans toutes les mers du globe, ces mêmes femmes continuaient d'aspirer à une naturalité de l'accouplement en prenant avec hauteur les fétichismes de tout acabit. Youri s'amusait ainsi à pourfendre les naturalistes de la sexualité et en rajoutait parce que ça faisait rire Julia. Il ne s'est jamais senti aussi proche de personne. Et c'est sur le même ton, d'une certaine manière, que Julia était revenue un jour avec une console et des électrodes. La singulière sobriété du type de stimulation et de plaisir que l'électricité procure leur a plu.

Depuis, ils l'utilisent parfois durant la nuit. C'est un érotisme qui, pour le moins, a peu à voir avec l'érotisme que l'on voit dans les films. Le déroulement se ressemble d'une séance à l'autre : avant d'éteindre les lumières, Youri met sa combinaison de latex. Julia allume l'appareil au bout de quelques minutes. Un léger bourdonnement se produit. Les diodes du panneau de contrôle jettent une faible lumière verte sur Youri. Julia installe précautionneusement les électrodes sur leurs corps, puis monte très lentement les variateurs, ce qui n'augmente pas le bruit de la machine. Il aime s'abandonner à la vibration du courant. À mesure que Julia fait rouler délicatement entre le pouce et l'index les variateurs, la stimulation électrique s'empare d'eux, des zones érectiles basses du corps, et s'intensifie. Jusqu'à ce que le compte à rebours de l'irrépressible jouissance débute et, qu'intuitivement, cette sensation emprunte quelque chose de la signification abstraite et magique des années-lumière.

Le Plexiglas bombé du puits de lumière laisse entrer le bleu marine de la nuit dans la maison. Julia ferme les yeux. Youri essuie le liquide translucide qui macule sa combinaison et enlève les électrodes accrochées à lui. Il fait la même chose avec celles posées sur le sexe de Julia, dont les poils sont abondamment mouillés.

Ils sont sur le très grand canapé en L au-dessus duquel Youri a accroché, en arrivant dans la maison, un large cadre en acier brossé avec, sous la vitre antireflet, une image du système solaire et celui de Gliese 581, une étoile rouge plus petite que le soleil, qui compte plusieurs exoplanètes, dont Gliese 581 g. Les services de communication d'un grand télescope l'ont présentée il y a quelques mois comme *habitable*, une autre Terre. Son climat serait propice à la vie. Youri l'imagine somptueuse. Il se souvient d'avoir lu qu'il n'y a pas d'alternance de la nuit et du jour sur Gliese 581 g : elle n'effectue pas de rotation sur elle-même en gravitant autour de l'étoile. Comme la Lune, une partie de l'exoplanète est perpétuellement à l'ombre et l'autre, en pleine lumière. Il s'imagine vivre quelques mois durant avec d'autres travailleurs dans la nuit constante à l'intérieur de parcs industriels. Puis le reste de l'année dans le jour continu. Où des terrasses accueillent à perte de vue la foule heureuse et désordonnée. Il se rappelle avoir lu qu'il n'y avait pas de saisons sur Gliese 581 g. Certains astronomes doutent de son existence. L'extrapolation phénoménale qui a été faite à partir de la méthode des vitesses radiales suscite chez eux le scepticisme. L'enthousiasme de ceux qui ont annoncé la découverte était-il réel ? S'agit-il d'une opération de communication ou d'une véritable découverte? Sans conviction, Youri s'interroge. Même si ce genre de doute ne l'intéresse pas. Parce qu'il aime le doute qui fait vaciller l'évidence, et beaucoup moins la méfiance chronique envers l'incroyable. La bonne ou la mauvaise foi des scientifiques l'indiffère. Le prétentieux scepticisme des pisse-vinaigre l'irrite. L'existence de Gliese 581 g n'est pas confirmée encore, mais les corps célestes orbitant sont innombrables dans l'espace. Il y en aurait mille milliards dans notre seule Galaxie. La Terre a le temps de disparaître plusieurs fois avant que l'univers ne soit exploré par l'espèce humaine. Youri sourit, pense aux engins approximatifs qui ont transporté de courageux astronautes dans le noir de l'espace. Puis, il visualise encore la surface considérable de Gliese 581 g, plus vaste que la Terre, et le désordre du vivant qui y règne aussi. Il se sent bien avec Julia près de lui. Il retrouve dans ses pensées un genre de vaste place, plus grande que toutes les places d'Europe, de Kharkov à Bruxelles, qu'il a pu voir. Elle grouille de monde. Un des côtés de la place donne sur la mer. Il n'y a pas de plage. L'eau est juste là, chaude, abondante, baignant l'avancée rocheuse. Des gens boivent et mangent des choses que Youri ne connaît pas. D'autres gens plongent à l'eau directement du roc. L'air est bon. Il lui rappelle la pureté de l'air des territoires forestiers, en plus chaud.

Le corps de Julia est immobile. Il aime voir son visage absorbé par le sommeil. Il pose sur elle la couette qu'il est allé chercher dans la chambre. Il aime Julia, sa détermination, son entêtement. Elle ne ressemble pas aux autres femmes. Elle s'est endormie rapidement sans ôter sa combinaison. Il la lui laisse, ne veut pas la réveiller, mais il enlève la sienne. Le latex colle sur les côtés. Ses écouteurs diffusent *Space Oddity*. Il consacrera les prochains jours au contrat de réécriture. Youri est calme. Une nouvelle phase de l'exploration spatiale s'ouvre pour la Chine et ses spationautes, il a lu un peu plus tôt des articles enthousiastes le prétendant. En même temps, il y a quelque chose d'impossible pour les vies humaines si brèves, les générations éternellement condamnées, d'une main, à maintenir le fil continu de l'espèce et, de l'autre, devant se métamorphoser toujours pour progresser. La croissance économique tente maladroitement d'obéir à ce deuxième principe, mais c'est une autre histoire. Il pense aux industrieux travailleurs de la partie sombre de Gliese 581 g qui utilisent sans doute des systèmes énergétiques très complexes. Le vivant doit sans relâche lutter pour ne pas mourir. Youri dans sa tête trace une vague théorie du vivant, il pense au désir physique, à l'agitation constante de ce qui vit. *Space Oddity* a recommencé dans les écouteurs. Il en est à penser à un hippopotame dans une tourbière à sphaigne et à l'absence de lutte qui caractérise en partie le comportement de cet animal dans l'esprit de Youri, ce qui contredit déjà son esquisse de théorie, quand le sommeil s'empare de lui.

LES MANNEQUINS ANTHROPOMORPHES

Ils ne sont pas sortis ces derniers jours. Même pour faire les courses. Youri s'est plongé dans son contrat de réécriture. Julia estime avoir suffisamment avancé son exposition pour pouvoir plonger avec lui. Il a fallu d'abord ouvrir à nouveau la boîte que lui avait remise l'éditeur à son départ pour se remémorer le projet. Elle contient un manuscrit décousu et non achevé, un très grand nombre d'articles sur l'affaire Roswell, ainsi que quelques coupures de presse sur la bombe atomique larguée dans le fleuve Saint-Laurent. Avant-hier, Youri et Julia se sont concentrés sur les débuts de l'affaire. Une période qui s'ouvre, de manière exaltante, le 4 juillet 1946 quand la Roswell Army Air Field annonce la découverte d'une soucoupe volante, *a flying disc* dit le communiqué. L'émotion que suscita cette déclaration fut considérable. Même si l'armée américaine choisit de démentir le premier communiqué dès le lendemain pour parler plutôt d'un ballon météorologique, durant une journée des millions de gens avaient vécu avec l'annonce validée par l'armée d'une soucoupe volante retrouvée sur le sol américain!

Ce sont des jours studieux. Quand la nuit tombe, Julia trouve que le salon et le canapé anthracite s'apparentent à un camp de base pour eux. Youri est d'accord, un genre de camp de base pour l'inconnu. Dans la maison, il n'y a presque plus rien à manger. Ils ont déjà consommé jusqu'au dernier les plats surgelés qu'ils avaient stockés en quantité en arrivant. L'intérieur du garde-manger, repas après repas, se vide. Ce matin, ils ont terminé la dernière boîte de pêches au sirop. Le contrat avance bien cependant.

Autour de Roswell et malgré les démentis des autorités, le doute va s'installer au long des ans. En première ligne on trouve le propriétaire de ranch qui avait découvert les débris de l'objet volant non identifié, il refuse de croire la version nouvelle des militaires et reste persuadé que les matériaux trouvés sont inconnus sur Terre et que, pour des raisons stratégiques, l'armée tente de dissimuler la découverte. Sur place, lieutenants et soldats continuent de douter eux aussi. Quelque chose cloche dans la version du ballon météorologique. À cette suspicion s'ajoute, durant plus d'une dizaine d'années, la multiplication des témoignages de gens affirmant avoir vu des soucoupes ou des créatures humanoïdes. Certains sont, à n'en pas douter, de bonne foi, même si l'affaire attire aussi dans la région les affabulateurs et les escrocs de toute sorte.

Hier, Julia et Youri ont travaillé particulièrement tard dans la nuit et ils ont réussi à terminer la section sur l'après-guerre froide. Les nouvelles explications de l'affaire que l'armée avait alors avancées étaient certes crédibles : ce n'était pas un ballon météorologique que le rancher de Roswell avait découvert sur ses terres, mais bien plutôt les débris d'un projet classé top secret, le projet Mogul, destiné à espionner les installations nucléaires russes. Des décennies de mensonges de l'armée avaient cependant créé un réflexe de défiance dans l'opinion. Les autorités donnaient aussi la liste d'autres opérations ayant eu lieu dans les environs de Roswell. Ainsi, toujours selon l'armée, le nombre important de témoignages concernant les ovnis et autres créatures humanoïdes s'expliquait par l'activité militaire très intense de ces années-là dans le désert. Entre mars 1945 et décembre 1949, Roswell était en effet la seule base de bombardiers atomiques aux États-Unis. Et, dans ces paysages de plaines nues et de promontoires rocheux, les habitants du Nouveau-Mexique furent témoins de choses qu'ils n'auraient pas dû voir. Ainsi des mannequins anthropomorphes parachutés en haute altitude pour le projet High Dive. Les photos de cette opération sont spectaculaires. Julia les a regardées pendant un long moment. Imparfaitement dissimulés par la nuit, les corps inanimés descendaient lentement du ciel vers les sols arides du désert. Les militaires leur donnaient des prénoms et des images bizarres leur venaient en tête.

Pour l'armée, à toutes ces activités militaires qui expliquaient la multiplication des témoignages concernant un même secteur, s'ajoutait un phénomène de *compression temporelle*, qui avait sans doute réuni en un seul événement diverses scènes troublantes observées dans le désert. Youri apprécie particulièrement l'expression *compression temporelle*, son pouvoir d'évocation. L'auteur ne l'utilisait pas, mais on la retrouvait plusieurs fois surlignée en bleu dans les articles qu'il avait rassemblés.

Les premières lueurs du jour arrivent quand, exténués, Julia et Youri quittent le camp de base du salon et se replient dans le lit.

Vers midi, la sonnette qui a retenti les a brusquement tirés du sommeil. Personne ne leur a rendu visite depuis qu'ils sont là. Ils dormaient profondément et n'avaient pas entendu le camion de Jimmy s'avancer dans l'allée devant la maison. Jimmy s'est blessé sérieusement sur un chantier et il a choisi de redescendre pour au moins quelques jours. On le soigne mieux à Bernard-Station qu'au campement. Puisqu'il ne pourra pas retravailler tout de suite, autant en profiter pour passer un peu de temps avec sa famille. Ce matin, il avait rendez-vous pas très loin d'ici chez le médecin qui lui a fait un nouveau pansement. Youri l'aide à rentrer ce qu'il a apporté, puis à dégager sa main blessée de la manche de son manteau. Ils sont contents de se voir, ils sourient tous. Jimmy n'en revient pas qu'ils dorment encore à midi. Il s'esclaffe, les traite de paresseux. Il a amené un plat que sa mère a cuisiné et une caisse de bières, il compte bien manger et boire le tout avec eux. Il dit qu'il ne racontera surtout pas à Diana ce qu'il a vu ici ! *Elle m'a tellement parlé de vous, Julia ceci, le cosmonaute cela, elle serait vraiment déçue d'apprendre que vous ne faites rien de votre vie !*

Dans le salon, les photocopies d'articles recouvrent une partie du plancher. Quelques livres en désordre ont été abandonnés sur le canapé en L. Sur la table, Youri a disposé le manuscrit à plat depuis qu'ils y travaillent. Chapitre après chapitre. Ils n'ont pas éteint avant de se coucher les ordinateurs cette nuit. *En plus tout est en désordre chez vous*, poursuit Jimmy avec un clin d'œil. Ils ont préféré s'installer sur la petite table de la cuisine où, depuis qu'ils travaillent à la réécriture du livre, ils mangent. Youri fait du café, puis met à chauffer le plat qu'a amené Jimmy pendant que ce dernier raconte brièvement l'accident qui a failli lui coûter la main, une histoire bête de treuil et de câble en acier. Il reste frappé par la vélocité avec laquelle l'accident est survenu. Une chose se prépare, lentement, jusqu'à ce qu'une autre survienne brusquement sans avertir. *Quand le sang coule, il est déjà trop tard*, dit-il à mi-voix avant de demander plus fort à Julia, en levant sa main bandée, de leur ouvrir des bières. Youri et Julia obtempèrent, même s'ils sont encore tous les deux en pyjama, ils jouent à faire semblant de se précipiter pour boire leurs cafés le plus rapidement possible et ainsi passer à la bière. La mère de Jimmy a cuisiné du gibier. L'odeur emplit la cuisine. Depuis des jours, ils n'ont plus rien de bon à manger. La veille, ils se sont nourris de riz avec pour seul condiment une branche de céleri jauni et du ketchup. Le plat de Chantal qu'ils vont bientôt savourer n'est pas loin d'être miraculeux.

Julia raconte à Jimmy qu'elle a lu un article sur l'imprimante 3D qui fait de la pizza et la cuit dans une même opération. L'article affirme que les cartouches de cette imprimante contiennent tous les nutriments nécessaires à une alimentation adéquate pour l'espèce humaine et qu'il s'agit d'une machine qui pourrait devenir un rouage essentiel des très longues missions sur Mars. Ces dernières exigeront de nouvelles manières d'alimenter les astronautes. L'ingénieur qui y travaille a d'ailleurs reçu une bourse de la NASA. Jimmy dit qu'il est sûr qu'après les navettes spatiales, c'est dans les campements forestiers que cette imprimante 3D va être installée. Pour Youri, de toute manière, la médiocrité des fruits et des légumes de la région, l'hiver en particulier, mais l'été aussi, prépare à l'alimentation du futur. Les tomates vendues au centre d'achat résistent sous la dent comme le plastique, tandis que les pêches, malgré leur aspect engageant, ne sont pas comestibles. Ils rient en mangeant le plat très parfumé de Chantal. Youri leur ouvre de nouvelles bières. Jimmy raconte ses derniers jours dans le coin. Même s'il a sa propre maison depuis quelques années, il ne met pas longtemps à être oppressé par le rang des Épinettes. En fait, il trouve que son frère Steve a changé, qu'il devient de plus en plus bizarre. Steve est agressif et parle souvent mal à leur mère. Parce qu'il ne vit plus là, Jimmy se retient d'intervenir. Mais il n'est pas certain d'arriver à se la fermer d'ici son départ. Il a été frappé aussi de voir à quel point Steve surveille Diana, tout ce qu'elle fait, comment elle s'occupe de Junior, etc. Pour elle, ce doit être insupportable. Il ne sait pas quoi faire. Et puis, il y a cette dernière chose : de chez lui, Jimmy a vu partir Steve vers la rivière au milieu de la nuit dernière. Bien sûr, il a le droit de sortir quand il veut. Mais qu'est-ce qu'il allait faire seul dans la nuit noire ?

Youri ne sait trop comment apaiser Jimmy. Il trouve lui aussi que Steve est agressif. La seule différence réside peut-être dans le fait que Youri a l'impression de ne l'avoir jamais connu autrement. Julia conseille à Jimmy d'en parler à son petit frère, Kevin. *Tu devrais lui dire que tu t'inquiètes de Steve et lui demander de te téléphoner immédiatement au campement s'il perçoit une augmentation de son agressivité ou quelque chose de différent dans son attitude.* Youri et Julia sont drôles à voir en pyjama avec leurs assiettes maintenant vides et leurs bières. Ils ont parlé encore du rang des Épinettes un long moment. Youri a raconté qu'il avait voulu voir l'état de la maison de son père et qu'avec Julia, ils étaient allés inspecter l'intérieur des lieux. Quelqu'un s'y était vraisemblablement installé. Mais leur présence l'avait fait fuir.

Le soleil bas entre profondément dans la maison. Ils sont dans l'entrée, Jimmy s'apprête à partir quand Youri lui demande, *Tu te rappelles, la dernière fois au campement, la pluie de météorites tombée quelque part en Russie? Dans la salle de télé, on avait attrapé un bout du reportage aux nouvelles.* C'est vague dans la tête de Jimmy. *Quand même,* lui répond Youri, *tu te rappelles pas? Il y a eu plus de mille personnes de blessées, des coupures surtout et des brûlures spontanées. Bon, c'est pas grave, je veux surtout dire en fait qu'en 1908,* continue-t-il, *il y avait déjà eu sur le territoire russe, en Sibérie plus précisément, une météorite qui était entrée en collision avec la Terre. C'était quelque chose d'une autre ampleur: la boule de feu avait traversé le ciel sans nuage et couché la forêt sur 20 000 km² !*

Sur le pas de la porte, Jimmy a feint un air découragé en disant à Julia qu'il n'y avait vraiment rien à faire avec le cosmonaute. À bord de son camion l'instant d'après, en les saluant de sa main entièrement recouverte d'un bandage, il leur envoie un large sourire.

Ils se sont fait du café à nouveau. Grâce à la nourriture que Jimmy leur a apportée, ils vont pouvoir tenir jusqu'à demain avant de sortir faire les courses. Et ainsi terminer la dernière section du livre sur Roswell. C'est un chapitre particulièrement embrouillé, peut-être parce qu'il s'agit de la partie la plus originale du livre. L'auteur y fait le grand écart, d'un côté, entre les essais nucléaires du Nouveau-Mexique et, de l'autre, le largage d'une bombe atomique dans le fleuve Saint-Laurent. Pour cela il s'applique à décrire la première bombe atomique testée en 1945 dans le désert américain. L'ampleur démentielle de l'explosion surtout. Puis, la semaine suivant cet essai, les deux bombes similaires larguées au-dessus d'Hiroshima et de Nagasaki. L'auteur du livre donne ensuite la parole à un soldat persuadé que les extraterrestres étaient venus voir l'état de la planète après ces explosions. La puissance des déflagrations avait attiré leur attention, prétendait le soldat. La suite de la section consistait à exposer les raisons du largage de la bombe au-dessus du fleuve Saint-Laurent. Les extraterrestres étaient des sortes d'anges gardiens de l'espèce humaine qui regrettaient de ne pas avoir eu le temps d'empêcher Hiroshima et Nagasaki. Ils avaient pour cette raison, toujours suivant l'auteur, saboté l'avion de manière à freiner l'enthousiasme des belligérants.

Julia et Youri s'amusent à rédiger ce chapitre, plus abracadabrant que les autres. La nuit est tombée et le soir les enveloppe. Ils avancent à un rythme soutenu. Youri enverra tout à l'éditeur avant de se coucher. Ils y sont presque.

En attendant le sommeil, Julia s'imaginera qu'elle déambule au milieu d'une foule étrangère et dense. Demain, elle devra se contenter du centre commercial.

LA LUNE

Il n'y a pas tout à fait de dehors habité dans les environs. Il n'y a pas de foule étrangère ici, pas d'extérieur pour l'aventure humaine. Les gens restent chez eux et se déplacent en voiture quand ils sortent. Souvent, Julia a l'impression qu'en région, à l'arrivée d'étrangers, chacun se cache. Et plus les agglomérations sont petites, plus cette impression est forte. Enfant, Youri avait déjà fait ce jeu le long de la route, avec son père, se cacher derrière les herbes hautes quand ils apercevaient au loin une voiture. Il avait aimé faire ce jeu. L'agglomération où ils se trouvent est quand même suffisamment grosse pour que le boulevard, avec les allées et venues des voitures, esquisse un espace public. Les mannequins anthropomorphes auraient aussi bien pu être lâchés ici, dans ce ciel. Au centre commercial du boulevard, le bar-salon est comme tous les bars-salons en périphérie urbaine ou en région. Les rares clients les dévisagent et ne renvoient pas à Julia son sourire. Les compagnies de bière ont livré de petits cartons colorés avec leurs produits avantageusement présentés dessus. L'alcool fait effet comme ailleurs. L'ameublement est standard.

Julia et Youri ont déjà bu quelques bières quand un homme qui n'a cessé de les regarder du comptoir vient vers eux. Youri n'avait pas fait attention, mais lui a reconnu le cosmonaute. Il dit qu'il a beaucoup pensé à lui ces dernières années. Il sait maintenant pourquoi on l'appelait le cosmonaute. Il ne regarde pas Julia. Son débit est rapide. Youri reconnaît peu à peu Brandon, le cousin de Jimmy qui habitait une petite maison à proximité de la réserve faunique, non loin du lac que lui avait fait découvrir Jimmy le jour où le docteur les avait chassés de chez lui. Il a vieilli et le large sourire qui faisait l'expression de Brandon, dans son souvenir, lui semble avoir définitivement disparu. Ils se connaissaient peu, à moins que Youri se souvienne mal, mais il lui semble qu'ils n'avaient pas dû à l'époque échanger plus qu'une poignée de phrases. Brandon voudrait s'entretenir seul un instant avec Youri. Il le presse de l'accompagner vers la rangée de vidéopokers et de machines à sous. Julia s'est levée, elle dit que ce n'est pas nécessaire, qu'elle va revenir dans un moment. Youri la voit sourire en sortant dans l'allée centrale très éclairée du centre commercial. Brandon, tout en s'assurant que Julia s'est éloignée et en jetant des coups d'œil méfiants à côté, n'a pas cessé de parler. À présent, il est dans le vif du sujet. Une histoire de reptiliens qui contrôlent de plus en plus de secteurs névralgiques à l'échelle mondiale. Brandon est certain que Youri peut faire quelque chose, qu'il est une cellule dormante, que lui, Brandon, est chargé de réactiver. Il s'applique à montrer qu'il est au courant, qu'il sait que tout s'imbrique : Ben Laden, notamment, ne serait pas mort et il ne ferait qu'un avec Obama. Il montre un 5 $ américain, le plie de manière précise, jusqu'à faire apparaître une image qui ressemble beaucoup aux tours jumelles surmontées d'un panache de fumée. Il plie à nouveau le billet et le prénom *Osama* apparaît. Brandon poursuit son monologue, il est question des Mayas à présent et de Sumer. Tout est écrit, tout est crypté. Youri dit à peine *oui* et *oui bien sûr*, sans laisser transparaître l'exaspération. Il ne sait plus comment interrompre Brandon et guette le retour de Julia à travers les vitres du bar-salon, elles sont recouvertes d'une pellicule souple de vinyle qui imite les glaces sans tain.

Plus tard dans le pick-up, Julia, qui a fait les courses pendant que Youri écoutait Brandon jouer les agents de liaison, insiste pour que Youri lui rapporte les propos de Brandon et l'échafaudage de ses théories. La force dynamique de la paranoïa la fascine. Youri, lui, a épuisé depuis longtemps son capital de sympathie envers ce genre de théories. Pour lui, ces logorrhées sont pareilles à du purin, mais un purin qui appauvrit les terres au lieu de les engraisser.

Durant le très bon repas qu'ils ont pris le temps de cuisiner, puis de savourer, les obsessions complotistes de Brandon se sont peu à peu dissipées dans la tête de Youri. Il est déjà tard quand Julia a proposé d'aller voir le Domaine Paradis. Elle n'a pas sommeil et Youri a envie de lui faire plaisir, même s'il a froid et préférerait se réchauffer sous la couette. Ils s'étaient promis de visiter le domaine depuis leur soirée au lac Transparent. Le vent souffle fort, mais il ne neige pas.

Sur la route, la rugosité du paysage modère les rafales en beaucoup d'endroits. Rouler est euphorisant. Même avec la tête un peu lourde, Youri est content d'avancer dans ce paysage aux côtés de Julia. Dans l'habitacle, l'air que souffle le chauffage est déjà très chaud. Le Domaine Paradis se trouve à un kilomètre environ du terrain qui jouxte côté sud celui de son père. Il est nouvellement ouvert. Un panneau de bois peint annonce le projet. Sur une certaine profondeur, les terrains en bordure du rang peuvent être exploités. La terre n'y est pas très généreuse, les premiers colons l'avaient appris à leurs dépens, mais les promoteurs aménagent dorénavant des lots pour la vente de résidences secondaires équipées à prix concurrentiels. Aucune chaîne, aucun portail ne ferme le Domaine Paradis. La chaussée récemment déblayée est toujours blanche, les pneus des voitures ne l'ont pas encore souillée. Une carte simplifiée du domaine montée sur un large panneau indique les très nombreux lots à vendre. Sur deux d'entre eux quelqu'un a tracé au feutre *vendu*. On progresse dans le domaine par une route rectiligne et peu large. Côté droit, une étroite parcelle de forêt a été gardée en lisière, probablement dans le but d'adoucir la dureté des nombreux lots individuels déboisés sur lesquels rien n'est construit. Ils ont roulé doucement sur la voie déserte jusqu'à un embranchement. Ils se laissent entraîner vers le rien d'abord en riant. La route du Domaine monte plutôt abruptement sur la gauche. Même si les pneus du pick-up adhérent parfaitement à la route,

Youri a choisi d'emprunter la voie de droite, avec son dénivelé plus doux. Rapidement cependant, d'autres embranchements se présentent à eux, avec d'autres lots, toujours vides. L'ensemble s'étend sur une distance importante. Des ponceaux enjambent les ruisseaux et de nouveaux lots, à demi dissimulés eux aussi par des lisières d'épinettes, de mélèzes, de bouleaux et de sapins, se découvrent tantôt à gauche, tantôt à droite. Dans l'état, c'est un projet bizarre. Le tout ne fonctionnera sans doute pas, le promoteur ne retrouvera pas ses investissements, qui viennent par ailleurs d'argent sale très probablement, et la forêt repoussera dans les lots comme elle a repoussé dans tant d'endroits de la région. Le promoteur finira peut-être même avec quatre ou cinq balles dans le dos à proximité d'une excavatrice qui aura creusé la large fosse d'un autre projet.

En cherchant à faire demi-tour, le domaine leur semble graduellement encore plus bizarre. Ils ne rient plus à présent. Une certaine tension se lit déjà sur le visage de Youri. Alors qu'il est certain d'avoir repris la route qui l'a conduit là et persuadé d'être près d'atteindre le premier embranchement, ils se sont retrouvés dans un cul-de-sac : la route qu'ils viennent d'emprunter se termine sur un espace plus large, arrondi vers l'ouest. Le sol aplani forme un cercle et les pelleteuses ont poussé la terre sur les côtés, où une quantité importante de branchages a été abandonnée. La neige recouvre largement l'ensemble. Durant les travaux, il fallait que la machinerie lourde ait l'espace nécessaire pour faire demi-tour elle aussi, puisque la route s'arrête là. Julia trouve que cette section arrondie du domaine ressemble à une piste d'atterrissage pour soucoupes volantes, elle joue à verrouiller les portières et jette un regard amusé à Youri, qui n'a jamais eu le sens de l'orientation et qui est désarçonné de se perdre. L'endroit est trop incompréhensible pour lui. Julia caresse sa nuque et lui dit de retourner sur ses pas, ils ne se sont pas enfoncés longtemps dans la section nord. Ils retrouvent d'ailleurs rapidement un paysage plus habituel, jusqu'à ce que, à une centaine de mètres du premier embranchement, en contrebas de l'autre chemin qui monte, Julia voie de la lumière d'abord, puis une construction, la première depuis qu'ils roulent dans le domaine. Il n'est pas si facile de la discerner au travers du relief et de l'alternance de sections ouvertes et d'arbres. Youri a ralenti, jusqu'à s'arrêter totalement, de manière à voir mieux. Un petit chalet témoin peut-être, dans lequel on laisse toujours une ampoule allumée. Ils ont envie d'aller voir. Ce n'est pas loin du tout, il faut simplement prendre le côté droit de l'embranchement et monter encore. Le pick-up les a doucement hissés jusqu'à la construction, qui s'avère légèrement plus distante quand même que ce qu'ils avaient estimé à la vue. Durant le jour, le panorama doit être spectaculaire ici. Le secteur de ce côté est très beau, moins étouffé par la forêt. Ils restent néanmoins sur leurs gardes. Quelqu'un dort peut-être dans la maison. Un gardien. Une pancarte plantée devant la construction vante les possibilités du Domaine Paradis dans une langue médiocre et dit encore *Vente sur plans. Faites vite, déjà 17 % des unités vendus!* Mais autour du chalet témoin, aucune trace de pas n'est visible. Des empreintes animales ont laissé des lignes courbes dans la neige. Bien qu'on ait gardé ici aussi des lisières de forêt, les terrains ont été défrichés plus largement qu'en bas et le vent y souffle plus violemment. Dans ce secteur, les perspectives sont visiblement privilégiées. Julia a pris le volant. La forêt dense, épaisse, recommence au-dessus d'eux et rompt avec le blanc de la neige qui recouvre les lots. Une frontière touffue. Youri trouve que le domaine dans son ensemble s'étend sur une surface vraiment considérable. Il est persuadé que le promoteur a développé bien au-delà de la zone autorisée. Mais qui viendra vérifier ici de toute manière, sinon des sortes d'amis qui rendent des visites de courtoisie ?

Pour compléter la boucle avant de rejoindre l'entrée du Domaine Paradis, ils ont emprunté le chemin qui longe les lots appuyés contre la forêt. Le chemin est abrupt. C'est là que, dans une petite courbe, les phares se réfléchissant un instant sur une surface claire, Youri a aperçu une deuxième construction sur le site. Elle n'émerge pas de la forêt, mais se distingue entre les arbres. Ils doivent reculer pour la voir mieux. Aucune fenêtre ne perce l'unique mur que l'on aperçoit d'où ils sont. C'est une vieille cabane, certainement pas une maison témoin. Il est étrange que le promoteur l'ait laissée là. Une construction vraiment petite, recouverte d'un crépi largement fendu côté droit. Il hésite, cherche dans sa mémoire, jusqu'à ce que l'image que lui rappelle cette construction soit télescopée par l'idée incongrue que ce puisse être véritablement la cabane qu'il a en tête. Est-il possible que l'abattage d'une partie importante de la forêt ait métamorphosé le paysage au point que Youri a du mal à reconnaître la cabane de l'homme aux chiens ? *Tout a changé ici et la cabane de l'homme aux chiens est restée, elle est toujours là*, murmure Youri. Qu'ils ne l'aient pas rasée le saisit. Retrouver la cabane redessine l'aménagement mental qu'il se fait de ce territoire et le laisse un moment sans voix. Julia veut qu'ils aillent voir de plus près. Avec la lampe de poche, ils verront au moins s'il y a encore une porte. Youri se souvient qu'il y avait aussi une fenêtre, l'unique fenêtre de la cabane, à côté de la porte. Elle dit qu'ils pourront essayer d'éclairer l'intérieur. Mais Youri ne bouge pas quand Julia ouvre la portière. À découvert, la neige et la lune donnent une brillance étonnante au paysage que balaie toujours un vent glacial.

Dans l'épaisse forêt de conifères, le vent est tout de suite atténué. Hors quelques rares clairières, une ombre très noire occupe ce territoire sauvage qui continue loin au nord. La cabane est inerte. Julia met un peu de temps à parvenir du côté de la porte même si la distance est courte. Elle s'enfonce par endroits dans la neige et la forêt reste dense. Du côté de la porte, le couvert végétal paraît plus ouvert. Du moins, l'espace devant la cabane a été nettoyé des résineux depuis longtemps. La lune laisse voir, dessiné par des traces de pas, un chemin pentu. Au loin, Julia distingue une silhouette tordue. Un homme qui s'éloigne de la cabane, il grimpe en claudiquant vers le sommet de la montagne. Le faisceau de la lampe de poche empêche de voir au loin, Julia l'éteint et distingue un peu mieux la silhouette qui s'éloigne encore, puis disparaît pour de bon. Elle n'est pas effrayée, mais suivre l'homme dans le sentier n'aurait pas de sens, il les fuit.

La porte est verrouillée, Julia a rallumé la lampe de poche sur l'entrée et tente sans succès de tourner la poignée. Elle essaie maintenant de voir à travers la petite fenêtre percée à gauche de la porte. Quelque chose obture l'ouverture de l'intérieur. Elle passe minutieusement le faisceau de la lampe sur ce qui ressemble à une feuille de goudron et finit par trouver une petite section ouverte qui lui permet d'éclairer un segment de l'intérieur et de distinguer une forme au sol. Une forme vague, une couverture sans doute. Comme dans le placard du docteur. On voit mal cependant. La lampe de poche éclaire surtout la vitre. Ce que Julia aperçoit de l'intérieur ressemble à la tanière d'une bête. Il n'y a rien d'humain là, sinon la construction. Youri doit s'inquiéter à présent, elle l'entend appeler son nom, assez doucement d'abord. Rien ne bouge de la cabane et Julia a du mal à détacher son regard du tableau pourtant vide qui s'offre à elle : une forme sombre abandonnée au sol. Youri continue de dire son nom, un peu plus fort maintenant. Elle voudrait qu'il vienne voir, n'ose pas crier dans la forêt silencieuse et finit par se résigner à retourner au camion.

Pourquoi n'a-t-elle pas répondu quand il l'appelait ? Il s'est inquiété et l'idée d'un ours dans la cabane s'est imposée à lui à mesure qu'elle restait silencieuse. Il dit qu'il a eu peur. Il ne se sent pas bien. Sa gorge brûle. Elle l'embrasse, lui dit de se calmer, avant de lui raconter le vieil homme qu'elle a vu courir. Il écoute avec une perplexité silencieuse, mais quand elle affirme que c'est l'homme aux chiens, Youri l'interrompt, dit que ce n'est pas possible, qu'il est sûrement mort depuis le temps, que s'il est encore vivant, il est à un âge trop avancé pour dormir dans une cabane froide, sans rien. Elle dit qu'il fuyait, il avait dû entendre le pick-up. Maintenant, elle est persuadée que c'était lui qui habitait secrètement la maison du docteur et que c'était le même homme qui avait tiré un fil on ne sait d'où pour faire fonctionner le radiateur à roulettes. À dix-sept ans, il est difficile d'évaluer l'âge des gens. Elle pense que contrairement au souvenir de Youri, l'ermite n'était pas si vieux.

Ils ont quitté le Domaine Paradis et pris la route pour rentrer. Youri expérimente la métamorphose de son paysage mental. Ils ne parlent plus. Le promoteur avait mystérieusement laissé là, à l'orée du bois, la cabane. Il avait peut-être évité d'y toucher de peur qu'elle n'appartienne à un Indien. Penser que l'homme aux chiens habite encore sa cabane dans la montagne est une chose étrange, presque impensable pour Youri. Dans *Apollo XVIII* qu'il a vu récemment avec Julia, un astronaute descend au fond d'un cratère lunaire. La température chute de manière extrême dans le cratère et Youri avait été épouvanté de voir l'astronaute continuer de descendre tandis que la caméra perdait l'image à cause du noir du cratère, puis du froid trop grand. Certains cratères lunaires ont une profondeur de plus de 4 000 mètres. Mais cette nuit, ils roulent sous un disque lumineux doux et lointain qui diffuse une lumière blanche sur les étendues noires de la forêt et disparaît de temps à autre suivant l'angle de la route, dans le fil de l'horizon dentelé des épinettes. Qu'est-ce que la cabane de l'homme aux chiens peut lui faire ?

Sur le boulevard de la petite ville qu'ils viennent de retrouver se donnent à voir les enseignes ridiculement grandes de la station-service qui scintilleront vivement toute la nuit. Hormis la voiture de l'employé de la station, le parking, fouetté par le vent, est désert. Julia veut acheter du lait et des pastilles, en profite pour prendre aussi des cigarettes. Elle n'est pas obligée de fumer tout le paquet.

Le lendemain de leur expédition nocturne, Youri s'est réveillé avec une forte fièvre et le souvenir de rêves spongieux et sombres. Depuis trois jours, il s'est à peine levé. Par moment, des poussées de fièvre s'emparent de lui. Sa grand-mère Rose-Aimée qui a grandi dans un camp en pleine forêt habite sa fièvre. Peu à peu les hommes avaient défriché autour du camp. La forêt restait très dense et elle priait intensément pour pouvoir un jour quitter l'endroit. Elle avait raconté à Youri qu'une fois, la vache qui fuyait le taureau était entrée dans la cabane. Debout sur les commodes, sa sœur et elle hurlaient de peur. Elles avaient crié encore plus fort quand le taureau était entré à son tour. Sa grand-mère racontait que cette fois-là, dans le camp, les deux animaux lui étaient subitement apparus gigantesques, gauches et encore plus puissants que dehors. Et pour cause, quand la vache avait dû ralentir face au mur devant elle, le taureau s'était hissé sur l'arrière-train de la femelle, l'œil vide, tandis que la vache poussait des beuglements effarés. Dans l'espace exigu, les deux sœurs avaient assisté médusées à la saillie. Même s'il arrivait que ce soit elles qui tirent le lait de la vache, les deux sœurs connaissaient mal le bétail.

Les parents de sa grand-mère s'étaient beaucoup déplacés sur des chemins mauvais avant de s'établir dans la forêt. Youri les imagine avancer dans le paysage encore peu façonné par la technique. La fièvre l'aspire dans des spirales réflexives quand elle monte. Ainsi des conifères, dont il perçoit maintenant les cônes. De même qu'il perçoit désormais le caractère géométrique des éléments, végétaux et autres, cônes et objets célestes orbitant qui recouvrent les étendues immenses du nord. La fièvre lui fait encore saisir la longue rivière des générations et le caractère temporaire du vivant qui se mêlent en une même image. Il la relie à la sphéricité des planètes. La poussière et la boue sont agrippées à la neige granuleuse qui ne fondra peut-être plus jamais. D'infinies billes de glace. Youri comprend les cônes et comprend aussi à présent le mathématicien allemand qui, trois siècles plus tôt, voulait planter des pins suivant une forme particulière de manière à communiquer avec les habitants de Mars. Tout passe par les conifères. L'homme aux chiens le sait. Il connaît le signal d'appel du Vostok-1, *cedr*. C'était sans doute lui qui avait l'arme à feu du docteur, il l'avait cachée dans sa cabane. Youri est certain qu'avec les chiens et l'arme, l'homme n'a pas peur des ours. Pendant un temps, Youri est plus confus encore. Peut-être rêve-t-il quand il se demande si l'homme aux chiens n'avait pas plutôt des ours pour se protéger des chiens féroces qui errent la nuit. Le pelage si luisant des bêtes de ses rêves était davantage celui des ours. De nouvelles certitudes adhèrent à sa conscience à la manière d'une matière collante, la font ployer bizarrement.

Julia le soigne. Elle lui a donné des comprimés pour faire tomber la température et le fait boire. Il est silencieux. Dort-il? Il a les yeux clos et continue d'être agité et de transpirer beaucoup.

Youri les avait toujours attendus et il ne les avait pas vus alors qu'ils étaient là, un peu plus haut dans la montagne. Ce qui tourne dans sa tête le rend nauséeux. L'idée s'impose à lui qu'une créature extra-atmosphérique avait trouvé refuge dans la dense forêt au-dessus de la rivière aux Bouleaux que les grosses lunes éclairent fortement certaines nuits jusqu'à projeter son ombre. Il n'avait rien remarqué auparavant, alors qu'il avait tout sous les yeux. Il se dit que quelque chose d'étrange, d'inhabituel se passait là-bas, qu'il le devinait déjà à l'époque quand il y pense, sans réussir à faire le rapprochement. Des lambeaux d'éléments habitent le noir de sa tête.

Penser à la Grande Ourse le calme. La constellation de la Grande Ourse n'est visible toute l'année qu'au nord, c'est tout ce qu'il garde en mémoire. Il voudrait que Julia ouvre la fenêtre, mais n'arrive pas à articuler des sons. Il a chaud et se demande comment on peut avoir si chaud dans ces paysages enneigés. Il aimerait sortir de la torpeur qui le maintient alité et regarder le ciel étoilé. Il se promet de lire quand il ira mieux sur la mythologie grecque. Que faisait une ourse dans le ciel des Grecs? En ce temps-là, il existait encore quelques massifs forestiers d'envergure en Grèce et les ours n'avaient pas encore été définitivement éradiqués du pays. Peut-être Youri devient-il lui-même un ours. Comme la robe du plantigrade, la physionomie de ses pensées s'obscurcit encore jusqu'à devenir complètement indiscernable pour lui-même. Julia lit depuis tout à l'heure, assise dans un fauteuil face au pied du lit. Elle a levé les yeux de son livre quand il a prononcé assez fort le mot *ours*. S'il ne va pas mieux demain matin, elle l'emmènera voir un docteur.

L'ENCLAVE

Youri est encore resté une partie de la journée couché, il n'a plus de fièvre et vient tout juste de sortir du lit. Les jours commencent à rallonger légèrement, le crépuscule du soir n'est pas encore terminé.

Ce n'est plus qu'une question de semaines, ils partiront bientôt d'ici. S'il veut le finir cette année, Youri devra travailler avec plus d'assiduité à la rédaction de son livre sur la forêt. Il a prévu encore de lire sur les vents, sur leurs liens avec le Soleil et la rotation de la Terre, mais c'est un détail. Il sait qu'il a en vérité du matériel pour écrire 1000 pages s'il le voulait. Il doit simplement se concentrer. Il a au moins terminé le contrat de réécriture sur Roswell. C'est l'aspect satisfaisant de ces contrats : la date de tombée qui encadre la durée de travail. Il se sent mieux aujourd'hui, se sent fort même. Il a l'impression d'avoir ressuscité. Que le vivant est enfin revenu en lui.

Ils ont pris le temps de manger les raviolis préparés par Julia quand il a fait entièrement nuit. Ils vont partir bientôt. Pour aller où? Ils ne le savent pas encore. Ils vont au moins retourner à Montréal. Un peu plus tard, ils se sont installés au salon avec de la vodka glacée. C'est la troisième fois ce soir qu'il dit qu'ils doivent retourner en ville. Elle enlève la pellicule de plastique du paquet de cigarettes qu'elle n'a pas touché encore. Elle pense aussi qu'ils doivent rapidement repartir. Il remplit deux petits verres du liquide glacé. Si à brève échéance ils ne partent pas, ils seront aspirés par un trou noir. Peut-être ont-ils contourné sans le savoir l'abîme? Youri est presque sérieux en le disant et Julia, après les jours de fièvre de Youri qui ont succédé à leur visite du Domaine Paradis, doit se retenir de croire en ce trou noir. Elle frissonne et se lève pour remettre du bois dans le poêle. Les grosses flammes qui entourent rapidement la bûche sont gaies. Alors que la télé présente des feux d'artifice pour une occasion inconnue avec des points lumineux qui s'élèvent dans le ciel noir, Youri vide son verre d'un trait. Une prise de vue plus rapprochée montre une girandole de feu et capture davantage le regard de Julia. Youri laisse la luminosité se dissoudre à l'écran avant de lui demander de l'écouter.

Il dit d'abord que le rang des Épinettes est un endroit étrange et un peu maléfique. En fait, il y a quelque chose qu'il veut lui raconter depuis qu'il la connaît, quelque chose qui s'est passé près de la maison de son père. Quand il a rencontré Julia, Youri a voulu lui raconter cette journée-là, et puis il a attendu. Il tenait à ce qu'elle le connaisse davantage. Il ne voulait pas paraître inquiétant. Il est possible aussi, s'excuse-t-il, que de manière inconsciente, il ait voulu garder ce secret pour lui. Elle dit à Youri de parler, de raconter. Elle dit qu'elle écoute. Il répond de biais d'abord, en disant qu'il est quand même incroyable que l'on parle depuis quelques années de la matière noire qui composerait 90 % de l'espace et que l'on ne connaisse pas du tout la composition de cette matière. Mais ce qui sidère le plus Youri là-dedans, c'est l'étonnement humain. L'inconnu nous entoure. Nous sommes encerclés par l'inconnu. Péniblement et au prix d'incalculables efforts, l'espèce humaine a réussi à se poser sur la Lune, satellite de la Terre, et il faudrait que l'on s'étonne de l'immense étendue de l'ignorance humaine? Les effroyables vagues des océans du Moyen Âge ont cédé leur place à l'ampleur de la matière noire. Même la rivière aux Bouleaux est remplie de matière noire. Il a pris une voix forte pour dire cela. Youri sourit à Julia, avale d'un trait un autre verre d'alcool et emprunte une voix plus posée, presque cérémonieuse.

L'hiver, le docteur avait l'habitude de grimper avec des raquettes la montagne derrière chez lui, c'est ainsi que Youri commence, presque comme s'il récitait. Raquettes sous le bras, il traversait d'abord la rivière, en marchant sur le tronc d'un arbre tombé quelques années auparavant au-dessus d'elle. L'été, c'était encore plus facile pour son père. Chaussé de vieilles bottines, il n'était pas loin de courir sur le chablis qui permettait de traverser la rivière sans mettre les pieds à l'eau. Quand il faisait chaud et que l'eau était suffisamment basse, il pouvait traverser de pierre en pierre. Même si parfois, une pierre trop immergée le forçait à mettre le pied dans l'eau. Youri se rappelait avoir quelquefois suivi son père sur le tronc et sur les pierres. Il revoit son père lui disant, quand il hésitait, de ne pas être frileux. Fidel, qui ne craignait jamais le froid et encore moins le courant, se jetait à l'eau tout au long de l'année, s'élançait vers l'autre rive, se secouait une fois hors de l'eau, s'arrêtait pour regarder son maître traverser, puis, s'élançait à nouveau au travers de la forêt humide et odorante. Quand il mettait les pieds dans l'eau, son père aimait, dès qu'il sortait de la rivière, enfiler ses fines chaussettes de nylon reprisées sur ses pieds mouillés. Il aurait aussi bien pu croquer un oignon.

Youri n'avait plus revu son père après avoir été chassé de la maison. Mais Youri avait continué de parler à Jimmy et c'est Jimmy qui lui donnait des nouvelles. Sans qu'il en demande d'ailleurs. Il maintenait Youri au courant des allées et venues du docteur. Il l'avait ainsi rapidement prévenu de la mort de Fidel. Jimmy lui racontait des choses moins importantes aussi, succinctement. Pour ce que lui et ses frères en savaient bien sûr puisque la maison n'était pas visible de chez eux, mais ses frères l'aidaient. Ils avaient tous l'habitude de régulièrement patrouiller, pour ainsi dire, la forêt proche. De cette façon, Youri avait aussi appris qu'après la mort de sa chienne, le docteur n'avait plus traversé la rivière pour aller marcher dans la montagne. Son père s'était toujours senti épié et cette impression s'était muée en certitude quand Fidel avait été abattue. Pendant longtemps donc, personne ne vit plus partir le père de Youri dans la montagne, pas plus qu'on ne vit de traces de pas en direction de la rivière au départ de sa maison. Il faut dire que, sans pouvoir se résoudre à en prendre un autre, le docteur avait toujours détesté marcher sans chien dans la forêt. Il fallait du temps au docteur pour se guérir de la perte de sa chienne. Il en allait tout autrement de l'absence de son fils, Youri en était certain. Ce qui suscitait une forme d'étonnement qui avait perduré chez lui au-delà de la mort de son père. Dehors, un rythme appuyé et la voix d'une chanteuse accompagnent la voiture qui passe à grande vitesse sur le chemin désert. Julia se lève pour jeter un œil. Sous le petit lampadaire éclairant l'abondante neige mécaniquement soufflée sur les terrains, le chemin est redevenu vide. Youri poursuit son monologue. Il accompagne du regard Julia, se sent proche d'elle, et décrit maintenant pour elle la silhouette du docteur tournant en rond dans sa maison humide. Julia vient se rasseoir près de lui, même si l'abondance de détails l'étourdit. Il l'embrasse et s'effraie, l'espace d'un instant, de fêler quelque chose entre eux. Il continue néanmoins, répète que Jimmy lui téléphonait de temps à autre, et qu'il lui donnait toujours des nouvelles brèves de

son père. Jusqu'à ce qu'un matin, Jimmy lui téléphone pour une raison précise : il avait du travail
pour lui. Un chantier qui ne durerait que quelques
semaines mais qui était plutôt bien payé. Il fallait
quelqu'un de très discret qui savait à peu près tenir
une scie mécanique. C'était un terrain plutôt facile.
Jimmy pourrait montrer à Youri comment faire,
il savait que le cosmonaute manquait d'argent. La
proposition, en effet, tombait à pic pour Youri.
Au téléphone, il avait accepté immédiatement. Il
ne se souvient plus au bout de combien de temps
il était parti, mais ça n'avait aucune importance.
Youri se dit que son esprit est lui aussi victime de
compression temporelle. Toujours est-il que les
deux jeunes hommes s'étaient revus ici, à Bernard-
Station. Youri avait eu de la chance, Jimmy faisait
un contrat dans la région, ce qui était plutôt rare.
S'il y avait un souci, il pourrait l'aider. Mieux, il lui
montrerait les bases durant la première semaine.
Youri raconte que Jimmy l'avait amené le soir même
manger dans un des rares restaurants de la région,
il n'y avait pas encore de centre commercial. C'était
ce genre de restaurant de village aménagé à l'intérieur de petites maisons ni récentes ni anciennes.
Avec du prélart de cuisine dans la salle à manger.

Le soir du restaurant, ils avaient discuté de tout et de rien, Jimmy avait surtout insisté pour que son ami mange davantage, il le trouvait maigre et Youri avait mangé au-delà de satiété pour lui faire plaisir. En le racontant à Julia, Youri ressent de nouveau la reconnaissance éprouvée alors devant la chaleur de Jimmy. Le lendemain ou le surlendemain, Jimmy avait amené son ami faire un tour sur le chantier. Avant que celui-ci ne commence, il pouvait ainsi lui montrer comment procéder. Ce qu'il fallait couper en premier et de quelle manière. Juste un repérage. Pour la première semaine, Jimmy lui donnerait un coup de main, mais ils avanceraient plus vite s'il lui expliquait à l'avance comment travailler. La forêt était très ancienne et le déboisement probablement illégal. Sur le chantier, il n'y aurait pas de machinerie lourde. Il est plus discret de s'en passer.

Dans l'odeur d'essence et le bruit de la scie mécanique, Youri avait donc abattu jour après jour des arbres de forte dimension. Leur intérieur était éclatant. Il abattait les arbres et les ébranchait comme Jimmy lui avait montré. À deux la première semaine, ils avaient déjà bien avancé et si Youri redoutait le départ de Jimmy, pour autant, il n'était pas découragé par le travail qui restait à faire.

Les semaines suivantes s'étaient déroulées de manière plus répétitive une fois seul. Après le travail, Youri mettait des vêtements secs et s'endormait peu après avoir mangé dans la minuscule pièce de la cabane surchauffée par le poêle à bois. Il ignorait qui avait construit la petite cabane, sa grand-mère aurait dit, *le petit camp*. La construction était récente. Au matin, un froid coupant régnait toujours dans la pièce, Youri rajoutait des vestes en se réveillant et repartait le poêle à côté duquel les bottes, ôtées juste avant de s'endormir, avaient séché. Il était très jeune alors et la plasticité du temps était différente de maintenant pour lui. Le temps passé moins de deux ans plus tôt, avec son père tout près, lui paraissait vraiment éloigné. Ses pensées n'étaient d'ailleurs pas occupées par le docteur. Peut-être parce que le travail physique l'épuisait d'une manière qu'il n'avait jamais connue jusque-là.

Youri travaillait, suait et dormait ainsi sur le chantier depuis cinq bonnes semaines quand Jimmy était arrivé un jour par la rivière à bord d'une petite embarcation de bois qui glissait dans le sens du courant. Une perche lui permettait de naviguer en évitant les plaques de glace et les très grosses pierres. Il portait des cuissardes de pêcheur. *Le chantier a* beaucoup avancé! avait-il lancé à Youri. *Tu as presque fini!* Il lui avait demandé comment ça allait, puis lui avait rapidement donné des nouvelles avant de lui dire, *Demain matin, remonte la rivière avec le petit bateau et sors du côté de la montagne quand tu entendras un sifflement. C'est juste après le tournant de la rivière près de la maison du docteur. Prends tes jumelles et trouve une branche sur laquelle t'installer à une centaine de pieds de la rivière d'où tu pourras voir le tronc d'arbre couché qui la barre et le petit chemin de chez ton père.* Jimmy avait ensuite fait le tour du terrain en donnant quelques conseils. Youri ne se souvenait pas précisément de ce qu'il avait dit d'autre, il se rappelait surtout le sourire de son ami et l'accolade que Jimmy lui avait donnée avant de repartir d'où il venait sans se retourner. À pied cette fois dans la rivière, en marchant contre le courant. Tantôt sur des pierres, tantôt dans l'eau qui lui montait jusqu'aux cuisses.

Le lendemain, il avait obéi à Jimmy. S'aidant de la perche sur les plus grosses pierres, Youri avait tranquillement remonté le courant avec la petite embarcation. Jusqu'à ce qu'il entende un sifflement dans la montagne. Il avait ensuite pris le temps de choisir un arbre sur lequel il pourrait attendre patiemment en surveillant la zone que Jimmy lui avait désignée. Jimmy ne disait jamais n'importe quoi. S'il lui avait dit de venir, c'est qu'il avait une raison. Youri justifie son obéissance, peut-être parce que le temps qui passe met en lumière la bizarrerie de toute obéissance. Le soleil était éblouissant. À un moment, Youri avait aperçu son père. Souhaitant probablement savourer la température singulièrement douce et le plaisir de marcher dans la montagne, le docteur avait rapidement traversé le cadre que surveillait Youri. Une colère froide lui était venue en apercevant son père. Peut-être avait-il davantage été en colère, dans l'arbre, contre Jimmy que contre son père. Pourquoi était-il là à épier ce quasi-inconnu, somme toute, qui traversait d'un bon pas la rivière ? Les berges du cours d'eau restaient en beaucoup d'endroits encore couvertes de neige, mais des eaux libres coulaient largement au centre. Et même si elle restait épaisse, la neige avait commencé à fondre, le printemps était imminent.

La vodka que Youri boit sent l'essence qu'il mettait dans sa scie mécanique pour faire tourner le puissant moteur deux-temps. En montant dans la forêt, son père se disait peut-être qu'il irait bientôt prendre un chien, qu'il était prêt à présent. Youri imagine cela, il se souvient que le docteur avait dit

plusieurs fois qu'après Fidel il aurait un berger allemand. À l'époque, l'éleveur de l'autre côté du village
promettait des chiens de garde méfiants et féroces
avec les étrangers. Mais les choses s'étaient passées
tout autrement pour le docteur. La vodka que n'a pas
cessé de boire Julia lui donne un sourire malicieux.
*Penses-tu qu'il a voulu avoir un autre enfant après
t'avoir mis dehors ?* demande-t-elle. Il rit. Youri a dans
la tête l'image de Laïka, la petite chienne de l'espace.
Penser que son père aurait pu souhaiter avoir une
petite chienne et la nommer Laïka dessine d'un
trait affûté par l'alcool une irrésistible caricature du
personnage. Youri continue de raconter. Ce matin-là
donc, avec l'air fermé des gens seuls et inquiets en
forêt, son père était parti en direction de la cabane
de l'homme aux chiens. Youri avait attendu son
retour dans l'arbre. Des perdrix bruyantes s'agitaient
dans les feuillages un peu plus loin. Comme à son
habitude, le docteur n'était pas resté longtemps chez
l'homme aux chiens. D'un pas toujours alerte, il
était redescendu par le chemin le plus court jusqu'à
la rivière. Youri n'a jamais raconté cette journée-là.
La vue légèrement voilée, Julia concentre son regard
sur Youri qui s'efforce de rendre précis à nouveau ses
souvenirs. Il allume la cigarette qu'elle avait tirée du

paquet. Julia se ressert un verre. La cigarette aide Youri à restructurer ses souvenirs, à les retrouver de façon ordonnée dans les dédales de la mémoire. Il fait quelques pas dans le salon, s'étire, cigarette aux lèvres, puis souffle une dizaine de ronds avec la fumée, avant de se rasseoir face à Julia. Il ne ressent pas vraiment autre chose que du vide et reprend son histoire. Dans les branchages donc, tout en gardant les yeux rivés sur la zone, Youri se disait qu'il exigerait de Jimmy des explications en temps et lieu et, tandis qu'il se répétait les questions dont il voulait bombarder Jimmy, le docteur était réapparu dans le cadre, marchant d'un bon pas. Arrivé à la rivière, le père de Youri avait nettement ralenti pour prudemment s'engager sur l'arbre renversé. Il était presque de l'autre côté quand une créature avait surgi devant lui sur la rive. Une immense créature qui se dressait sur ses pattes arrière, gueule ouverte. Une bête sombre qu'au premier coup d'œil il avait peut-être prise pour un ours avec son air féroce et son pelage noir. La position de la bête était bizarre. Un chien plus qu'un ours. Une créature étrange, silencieuse, basculée brutalement devant le docteur : Fidel, statique, gueule ouverte dans une posture incompréhensible, le défiait de l'autre côté de la rivière. Saisi d'épouvante, le docteur avait voulu reculer quand un de ses talons avait buté sur un renflement du tronc, lui faisant perdre l'équilibre. Youri avait alors vu son père tomber à la renverse et sa tête, comme celle d'un mannequin d'essai, heurter violemment une large pierre. Le corps s'était rapidement enfoncé au fond de l'eau. Puis, avait réapparu au bout d'un moment, poussé par le courant, jusqu'à ce qu'une branche du bois chablis dévie sa trajectoire vers le rivage.

À distance raisonnable, posté en hauteur, Youri avait continué de regarder la rivière sans comprendre. La scène était difficilement déchiffrable. Sur le fil de l'eau, Youri suivait des yeux la forme inerte près du rivage. L'eau continuait de scintiller sur les grosses pierres immobiles. Rien ne devait être prévu ainsi. Jimmy et ses frères avaient voulu faire une grosse frayeur au docteur. Ils n'avaient pas voulu le tuer. On ne tue pas un homme avec un chien empaillé. La fin de l'hiver maintenait la glace sur les surfaces les moins agitées, tandis que dessous, l'eau poursuivait son mouvement. La dépouille, poussée par le courant, brisait la fine couche de glace près du rivage. Youri était resté longtemps immobile à surveiller le cours d'eau. Il avait tout vu et ne s'était jamais précipité pour tirer son père hors de l'eau.

Le temps de descendre de l'arbre, d'arriver jusqu'à la rivière, le docteur assommé par la pierre se serait noyé déjà. Youri insiste, se justifie. Il ne veut pas être dénué d'affects comme son père. Il ne veut pas être évidé de sentiments comme lui, mais qu'aurait-il dit à la police ? Il n'avait rien préparé dans cette histoire et n'avait rien à voir avec la mise en scène bizarre à laquelle il avait été convié. Il ne pouvait tout de même pas raconter aux patrouilleurs que Jimmy était venu le voir la veille pour l'inviter à aller se cacher dans un arbre le lendemain matin, juste à côté de la maison de son père. Youri avait donc choisi de descendre de l'arbre, de regagner la petite embarcation dissimulée dans les amas buissonneux qui bordent encore la rivière après avoir effacé ses traces dans la forêt, suivant en cela ce que Jimmy lui avait montré deux ans plus tôt. Julia allume une cigarette. Jimmy est un prestidigitateur de la forêt et il l'était déjà à vingt ans. Il avait un instant aperçu plus loin les silhouettes de Steve et Kevin, qui s'affairaient à décrocher le système de poulies et la bête grossièrement empaillée. À l'origine, ils devaient imaginer qu'ils laisseraient le docteur se débrouiller avec ça. Les conséquences tragiques de leur mise en scène les obligeaient à faire tout disparaître. Youri n'était pas allé à leur rencontre. Il avait préféré repartir dans l'embarcation portée par le courant rapide en certains endroits. Éviter les pierres était difficile, la perche menaçait de se rompre à tout moment. Youri devait mettre le pied à l'eau pour éviter le pire. Sans cuissardes, la rivière était glaciale. Dans le cours d'eau, heureusement, il ne laissait pas de traces. Youri ne s'est pas arrêté de parler pendant que Julia, tout en le jaugeant, leur resservait à boire. Elle se demande un instant si Youri raconte la vérité ou si c'est une version tronquée de ce qui est arrivé. Au milieu, la rivière était entièrement libre et tumultueuse, cependant que de la glace couvrait encore l'eau ici et là près des rives. Youri avait été spectateur de la mort de son père. Jimmy avait voulu faire payer au docteur sa méchanceté, il ne voulait pas le tuer. Youri insiste. Pour que ce soit clair. Pour que les intentions de tous soient claires. Il veut que toute l'histoire soit claire pour Julia. C'était un accident. De son arbre dans la montagne, il répète qu'il n'aurait jamais eu le temps de secourir son père et qu'ensuite la police aurait posé un million de questions. Il n'avait pas poussé son père dans la rivière. Depuis la disparition de sa mère, il n'avait personne pour le défendre. Il avait quand même Jimmy. Et quand Jimmy lui avait dit un jour qu'il n'avait pas voulu ça, Youri l'avait cru. Ils n'en avaient plus jamais parlé ensuite. Il est trop tard pour changer ce qui a eu lieu, mais une chose continue de troubler Youri aujourd'hui, il a peur de partager avec son père un cœur sec. Parce que hormis une panique diffuse, c'est vrai qu'il n'avait rien ressenti à la vue du pantin heurtant violemment la pierre. Et rien de plus quand il l'avait vu s'enfoncer dans la rivière. Il n'avait jamais imaginé de réconciliation avec son père, mais tout en glissant sur le fil de l'eau, il avait néanmoins pensé que, dorénavant, la question n'était plus du ressort de l'imagination. Le docteur mort dans les eaux froides de la rivière scellait leur rupture dans l'irrémédiable. Et, pensant cela, l'exact contraire de ce raisonnement se développait dans la tête de Youri. Le père et le fils ne s'étaient plus parlé depuis un matin froid d'automne et Youri avait toujours été persuadé du caractère définitif de cette rupture, les faits lui donnaient raison, bien qu'à présent, paradoxalement, la mort du docteur pouvait laisser imaginer la possibilité d'un autre scénario si elle n'était pas survenue.

Dans le salon, face à l'écran muet de la télé, Youri retourne à cette histoire ancienne qui dessine d'abstraites spirales en lui. La vodka rend temporairement l'accumulation des années passées transparente, elle désenclave les souvenirs. Les aiguise. De retour sur le chantier ce jour-là, alors que les pensées les plus communes bourdonnaient dans sa tête, il avait gommé son absence temporaire, effacé pour toujours deux heures de l'horaire. Dès que le chantier serait terminé, il retournerait en ville. Avec l'argent qu'il avait gagné, il parviendrait à s'organiser un peu mieux. À trouver du travail en ville, n'importe quoi. Il reprendrait à l'automne des études. Il avait mangé debout, tandis qu'il faisait brûler dans le poêle à bois crépitant la petite embarcation et la perche qui lui avaient permis de revenir rapidement. Il avait travaillé très fort pour rattraper le temps, abattre les derniers arbres de la parcelle, de jeunes arbres, et la désenclaver pour de bon. Youri savait qu'on viendrait lui annoncer la noyade de son père. Le Polaroïd qu'il vient de sortir d'un cahier pour le montrer à Julia a été pris par Jimmy, au début du chantier. Sur le premier plan, Youri pose avec une hache à côté d'une épinette sur laquelle un ruban orangé est attaché. Derrière, on distingue une cabane au travers de l'épaisse végétation. Il dit que c'est cette forêt qu'il a abattue à mains nues. Il

avait couché beaucoup d'arbres avec Jimmy la première semaine, les plus gros, mais Youri était fier
d'avoir fini le travail seul. Quelques mois plus tard,
de la machinerie était venue chercher le bois et avait
agrandi l'espace nu.

Les derniers jours passés sur le chantier, la répé-
tition des mêmes gestes, et l'ennui qui venait avec,
semblaient graduellement ralentir la cadence de
Youri, mais le jour de la rivière, avec des gestes
rapides et précis, Youri avançait rapidement. Il avait
chassé de ses pensées ce qui venait d'arriver et se
concentrait sur son retour en ville, dans le bourdonnement fort de la scie mécanique.

La lumière du jour transforme progressivement
le salon éclairé par la lampe et les images animées
de la télé, tandis que Youri reste dans le paysage
de la rivière aux Bouleaux. Julia est allée faire du
café, elle a aussi ouvert la porte pour laisser entrer
l'air. On entend davantage les rares automobiles
qui commencent à rouler sur le chemin. Mais il
faut assez vite fermer, il fait trop froid. L'odeur du
café se répand dans la maison. Sa chaleur et sa force
réconfortent Youri. Julia embrasse sa nuque, elle lui
dit qu'elle l'aime, qu'ils reparleront de tout et qu'il
devrait maintenant aller se coucher. La bouteille de

vodka est vide et sa voix traîne un peu. Dans la forêt froide, où Youri est toujours, il revoit la clairière s'épanouissant sous l'assaut de la scie mécanique et des rayons obliques du soleil qui la traversent enfin.

LE BERCEAU

Youri est, comme la plupart des gens ici, le descen-
dant d'hommes et de femmes qui ont quitté leur
masure, leur cahute, leur lit infesté de punaises en
rêvant de mieux. La vodka de la nuit lui fait mal à
la tête. Un grand verre d'eau l'aiderait. L'eau aurait
néanmoins le goût des tuyaux, il en est sûr. Il est
le fils de générations d'aventuriers, petits et grands,
partis de chez eux pour tenter leur chance. Et pendant que beaucoup de ces descendants d'aventuriers
travaillent de génération en génération à s'établir ici,
à inventer dans l'exaltation la beauté d'ici, parmi
les conifères, les tempêtes, l'âpreté d'un territoire à
organiser, d'autres individus à travers les siècles pour-
suivent le rêve de partir encore et toujours, celui de
partir sans jamais regarder derrière. Youri est de ceux-
là. Il suivait le mouvement de ses grands-parents et
de ses arrière-grands-parents, d'une certaine manière,

traversant les océans, remontant les fleuves et les rivières, s'égarant sur des chemins irrationnels. Eux aussi étaient allés plus loin toujours sur le territoire. À des jours de bateau, de carriole, de marche. Comme eux, Youri rêvait de lointain et d'espaces inconnus. Ses ancêtres avaient traversé l'océan et comme eux il rêvait de partir lui aussi, toujours, de quitter les trembles et les pins gris. Ils partiraient durant les jours prochains. Julia a dit hier qu'elle était d'accord. De toute manière, elle est venue là pour qu'ils soient ensemble. Elle ne tient pas à cette région, ni à aucune d'ailleurs. Pour cela aussi il l'aime. Sa tête élance. Quelqu'un disait l'autre jour à la télé que c'est l'effort des reins après une trop grande consommation d'alcool qui donne ce mal de tête. Youri plisse les yeux. Il ne peut pas les ouvrir entièrement. La douleur au crâne est trop forte. Julia préfère la métropole. Mais maintenant, Youri rêve aussi de quitter la ville. Il ne veut plus de la ville. Et il ne veut plus non plus se contenter de voyages intérieurs. Les années passent vite, à présent il veut partir vraiment. Ses pensées sont traversées par une alternance de taches noires et d'orifices sombres. L'an 2000 qu'il avait attendu toute sa jeunesse, cet horizon lumineux du futur que promettaient ces quatre chiffres, dérive déjà dans la poubelle de l'histoire. Mais Youri veut toujours quitter la planète bleue. Il espère encore. Peut-être devrait-il essayer d'aller parler à l'homme aux chiens. Peut-être que l'homme aux chiens entre en cryptobiose durant les grands froids. Youri sait que jamais les vieux engins du siècle dernier ne pourront le transporter sur Mars. Sa tête est lourde et il est légèrement confus, mais il n'a pas oublié qu'il a le temps de mourir bien des fois avant qu'un vaisseau spatial propulsé par un moteur-fusée ne le transporte sur la planète rouge. Peut-être que le moteur spatial nucléaire qui sera testé bientôt par les Russes fonctionnera. À moins qu'il ne s'écoule quelques millénaires pour que l'on parvienne à mettre au point des voyages habités sur Mars, comme ce fut le cas entre l'invention de la roue et l'invention de la voiture à essence. Youri est persuadé que ce ne peut être le cas.

Il imagine ses ancêtres en haute mer. La cale immonde du bateau. Il ressent la hideur des vagues. Le fil de l'horizon agité par l'eau sombre. Et l'espoir mêlé d'effroi des passagers. Lui veut connaître Mars. Tous ces noms du système solaire sont étranges.

Il serait fou de joie de partir là-bas avec Julia. Effrayé peut-être mais rempli d'espérance. Dehors, la journée tire à sa fin. La lumière du couchant traverse les stores. L'astronome Schiaparelli devait être renversé d'apercevoir des canaux sur Mars. Tantôt Youri a peur que la planète rouge soit morte, tantôt cette éventualité lui semble impossible. Ou du moins elle ne lui paraît pas irrémédiable. Une possibilité non définitive. Peut-être qu'à la manière des châteaux d'enfant au bout des journées qui s'étirent longuement sur les grandes plages de sable fin, les civilisations passées se sont lentement effacées de la surface de Mars. Il a la gueule de bois et l'enchaînement des idées se fait péniblement dans sa tête lourde, mais la force centrifuge des obsessions attire encore ses pensées dans une forme spiralée. Il repense à l'infini désert martien que montre Curiosity, puis à la terraformation. Si elle avait commencé cent ans plus tôt, Mars serait à peu près habitable aujourd'hui.

Youri croyait être venu ici pour se reposer, puis travailler. Il était en vérité revenu ici pour liquider la maison, pour évacuer ses souvenirs anciens et espérer aux côtés de Julia. Un monde plus grand, nouveau, infini. Il était revenu pour renouer avec l'étrange cosmonaute qu'il était adolescent et bâtir la suite de son existence sur des bases renouvelées. À des centaines, à des milliers de millions de kilomètres. Il était revenu pour trouver le chemin de territoires à découvrir. Même si personne en Amérique ne sue plus sang et eau pour une navette spatiale. Même si les derniers Nord-Américains à s'intéresser à la vie hors de la Terre sont des illuminés, rien ne peut obturer l'obsession de Youri, qui peine à se lever du lit. À ses côtés, Julia dort profondément. Le masque de sommeil la protège des derniers rayons du jour. La douceur de sa peau se mélange aux draps de coton bleu nuit. Il veut la laisser dormir. Sa caresse est légère sur la hanche de Julia et module à peine sa respiration. *Mes baisers sont légers comme ces éphémères / qui caressent le soir les grands lacs transparents.* Il embrasse son épaule chaude avant d'essayer à nouveau de se lever. Durant un instant, la chaleur du corps de Julia suspend son mal de tête.

En avançant dans la maison à pas de velours, Youri épargne sa tête. Ses pieds effleurent à peine le plancher de bois usiné. Il s'est habillé chaudement. Le poêle réchauffera bientôt la pièce. Youri voudrait déchirer le patchwork temporel à l'intérieur duquel il est pris comme dans une souricière. Il refuse d'être né trop tôt pour qu'il leur soit possible de se rendre sur Mars. Plus que jamais il est habité par cette phrase gravée sur la lame de son couteau de chasse : *La Terre est le berceau de l'humanité, mais on ne passe pas sa vie entière dans un berceau.*

TABLE

Autres romans chez Héliotrope